Invenção
e Memória

Coleção Lygia Fagundes Telles

CONSELHO EDITORIAL
Alberto da Costa e Silva
Antonio Dimas
Lilia Moritz Schwarcz
Luiz Schwarcz

COORDENAÇÃO EDITORIAL
Marta Garcia

LIVROS DE LYGIA FAGUNDES TELLES
PUBLICADOS PELA COMPANHIA DAS LETRAS
Ciranda de Pedra 1954, 2009
Verão no Aquário 1963, 2010
Antes do Baile Verde 1970, 2009
As Meninas 1973, 2009
Seminário dos Ratos 1977, 2009
A Disciplina do Amor 1980, 2010
As Horas Nuas 1989, 2010
A Estrutura da Bolha de Sabão 1991, 2010
A Noite Escura e Mais Eu 1995, 2009
Invenção e Memória 2000, 2009
Durante Aquele Estranho Chá 2002, 2010
Histórias de Mistério, 2002, 2010
Passaporte para a China, 2011
O Segredo e Outras Histórias de Descoberta, 2012
Um Coração Ardente, 2012
Os Contos, 2018

Lygia Fagundes Telles
Invenção e Memória

Nova edição revista pela autora

POSFÁCIO DE
Ana Maria Machado

COMPANHIA DAS LETRAS

Copyright © 2000, 2009 by Lygia Fagundes Telles

Grafia atualizada segundo o Acordo
Ortográfico da Língua Portuguesa de 1990,
que entrou em vigor no Brasil em 2009.

CAPA E PROJETO GRÁFICO
warrakloureiro
sobre detalhe de *Gavião e Passarinhos*,
de Beatriz Milhazes, 1997, acrílica sobre tela,
250 x 350 cm. Coleção particular.

FOTO DA AUTORA
Adriana Vichi

PREPARAÇÃO
Cristina Yamazaki/ Todotipo Editorial

REVISÃO
Huendel Viana
Marise Leal

Os personagens e as situações desta obra
são reais apenas no universo da ficção;
não se referem a pessoas e fatos concretos,
e sobre eles não emitem opinião.

Dados Internacionais de Catalogação na Publicação (CIP)
(Câmara Brasileira do Livro, SP, Brasil)

Telles, Lygia Fagundes
Invenção e Memória / Lygia Fagundes Telles; edição revista pela
autora; posfácio de Ana Maria Machado. — 1ª ed. — São Paulo :
Companhia das Letras, 2009.

ISBN 978-85-359-1429-0

1. Contos brasileiros 2. Reminiscências I. Machado, Ana Maria.
II. Título

09-02216   CDD-869.93

Índice para catálogo sistemático:
1. Contos : Literatura brasileira 869.93

4ª reimpressão

Todos os direitos reservados à
EDITORA SCHWARCZ S.A.
Rua Bandeira Paulista, 702, cj. 32
04532-002 — São Paulo — SP
Telefone: (11) 3707-3500
www.companhiadasletras.com.br
www.blogdacompanhia.com.br
facebook.com/companhiadasletras
instagram.com/companhiadasletras
twitter.com/cialetras

Invento, mas invento com a secreta esperança de estar inventando certo.
PAULO EMÍLIO SALES GOMES

Sumário

INVENÇÃO E MEMÓRIA
Que se Chama Solidão 11
Suicídio na Granja 19
A Dança com o Anjo 25
Se és Capaz 31
Cinema Gato Preto 39
Heffman 47
O Cristo da Bahia 55
Dia de Dizer Não 59
O Menino e o Velho 69
Que Número Faz Favor? 75
Rua Sabará, 400 79
A Chave na Porta 87
História de Passarinho 95
Potyra 99
Nada de Novo na Frente Ocidental 113

SOBRE LYGIA FAGUNDES TELLES E ESTE LIVRO

Posfácio — *Flagrantes da Criação*, Ana Maria Machado 125
Depoimento — *Lygia, Desde Sempre*, José Saramago 133
Depoimento — *No Princípio Era o Medo*,
Lygia Fagundes Telles 135
A Autora 141

Invenção
e Memória

Que se Chama Solidão

Chão da infância. Nesse chão de lembranças movediças estão fixadas minhas pajens, aquelas meninas que minha mãe arrebanhava para cuidarem desta filha caçula. Vejo essa mãe mexendo enérgica o tacho de goiabada ou tocando ao piano aquelas valsas tristes. Nos dias de festa pregava no ombro do vestido o galho de violetas de veludo roxo. Vejo a Tia Laura, a viúva eterna que suspirava e dizia que meu pai era um homem muito instável. Eu não sabia o que queria dizer instável, mas sabia que ele gostava de fumar charuto e de jogar baralho com os amigos no clube. A tia então explicou, Esse tipo de homem não conseguia parar muito tempo no mesmo lugar e por isso estava sempre sendo removido de uma cidade para outra como promotor ou delegado. Então minha mãe fazia os tais cálculos de futuro, resmungava um pouco e ia arrumar as malas.

— Escutei que a gente vai se mudar outra vez? — perguntou a minha pajem Juana. Descascava os gomos de cana que chupávamos no quintal. Não respondi e ela fez outra pergunta, Essa sua Tia Laura vive falando que agora é tarde porque a Inês é morta, mas quem é essa tal de Inês?

Sacudi a cabeça, também não sabia. Você é burra, ela resmungou e eu fiquei olhando meu pé machucado onde ela pingou tintura de iodo (ai, ai!) e depois amarrou aquele pano. No outro pé a sandália pesada de lama. Essa pajem, órfã e preta, era uma ovelha desgarrada, escutei o padre dizer à minha mãe. Ela me dava banho, me penteava e contava histórias nesse tempo em que eu ainda não frequentava a escola. Quando ia encontrar o namorado que trabalhava no circo, repartia a carapinha em trancinhas com uma fita amarrada na ponta de cada trancinha e depois soltava as trancinhas e escovava o cabelo até vê-lo abrir-se em leque como um sol negro. Com a mesma rapidez fazia os papelotes no meu cabelo em dias de procissão porque avisou que anjo tem que ter o cabelo anelado. Costurava nas costas da minha bata branca as asas de penas verdadeiras e foi esse o meu primeiro impulso de soberba porque as asas dos outros anjos eram de papel crepom. Ficava enfurecida quando eu dava alguma ordem, Pensa que sou sua escrava, pensa? Tempo de escravidão já acabou! Fui perguntar ao meu pai o que era isso, escravidão. Ele me deu o anel do charuto, soprou para o teto a fumaça e começou a recitar uma poesia que falava num navio cheio de negros esfaimados, presos em correntes e chamando por Deus. Fiz que sim com a cabeça e fui oferecer à Juana a melhor manga que colhi naquela manhã. Ela me olhou meio desconfiada, guardou a manga no bolso do avental e levantou o braço, Depressa, até a casa da Diva Louca, mas quem chegar por último vira um sapo! Eu sabia que ia perder mas aceitava a aposta com alegria porque era assim que anunciava as pazes. Quando não aparecia nada melhor a gente ia até o campo colher as flores que a Juana enfeixava num ramo e com cara de santa oferecia à Madrinha, chamava minha mãe de Madrinha. Naquela tarde em que os grandes saíram e fiquei por ali banzando, ela começou a desenhar com carvão no muro do quintal as partes dos meninos, Olha aí, é isto que fica no meio das pernas deles, está vendo? É isto! repetiu mas logo foi apagando o desenho com um trapo e fez a ameaça, Se você contar você me paga!

Depois do jantar era a hora das histórias. Na escada de pedra que dava para a horta instalavam-se as crianças com a cachorrada, eram tantos os nossos cachorros que a gente não sabia que nome dar ao filhote da última ninhada da Keite e que ficou sendo chamado de Hominho, era um macho. Por essa época apareceu em casa a Filó, uma gata loucona que deve ter abandonado a ninhada, segundo a Juana, e agora amamentava os cachorrinhos da Keite que estava com crise e rejeitou todos. Tia Laura então avisou, Cachorro também tem crise que nem a gente, olha aí, apontou para Keite que mordia os filhotes que procuravam suas tetas. Minha mãe concordou, mas nesse mesmo dia comprou na farmácia uma mamadeira.

Antes do jantar tinha a lição de catecismo e das primeiras letras. Íamos para a sala da minha mãe onde havia sempre um folhetim em cima da mesa. Juana ficava olhando a capa, Lê, Madrinha, lê esse daí! Minha mãe tirava o folhetim das mãos de Juana, Você vai ler quando souber ler!

As histórias das noites na escada. Eu fechava olhos-ouvidos nos piores pedaços e o pior de todos era aquele quando os ossos da alma penada começavam a cair do teto diante do viajante que se abrigou no castelo abandonado. Noite de tempestade, o vento uivando, uuuuuuh!... E a alma penada ameaçando cair, Eu caio! gemia a Juana com a mesma voz fanhosa das caveiras. A única vela acesa o vento apagou e ainda assim o valente viajante ordenava em voz alta, Pode cair! Então caía do teto um pé ou um braço descarnado, ossos cadentes se buscando e se ligando no chão até formar o esqueleto. Em redor, a criançada de olho arregalado e a cachorrada latindo. Às vezes, Juana interrompia a história só para jogar longe algum cachorro mais exaltado, Quer parar com isso?

Quando ela fugiu com o moço do circo que estava indo para outra cidade eu chorei tanto que minha mãe ficou aflita, Menina ingrata aquela! Acho cachorro muito melhor do que gente, queixou-se ao meu pai enquanto ia tirando os carrapichos enroscados no Volpi que era peludo e já chegava gemendo porque sofria a dor com antecedência.

A pajem que veio em seguida também era órfã, mas branca. Não sabia contar histórias, mas sabia cantar e rodopiar comigo enquanto cantava. Chamava-se Leocádia e tinha duas grossas tranças nas quais prendia as florinhas do jasmineiro no quintal. Todos paravam para escutar a cantiga que ela costumava cantar enquanto lavava a roupa no tanque:

Nesta rua nesta rua tem um bosque
que se chama que se chama Solidão.
Dentro dele dentro dele mora um Anjo
que roubou que roubou meu coração.

— Menina afinada, tem voz de soprano! — disse a Tia Laura e eu fui correndo abraçar a Leocádia, A tia disse que sua voz é de soprano! Ela riu e perguntou o que era isso e eu também não sabia mas gostava das palavras desconhecidas, Soprano, soprano! repeti e rodopiamos juntas enquanto ela recomeçou a cantar, *Nesta rua nesta rua...* Vem brincar, eu chamava e ela ria e dava um adeusinho, Depois eu vou!
Fiquei sondando, e o namorado? Descobri tudo de Juana, mas dessa não consegui descobrir nada. Às vezes ela queria sair sozinha, Vou até a igreja me confessar, avisava enquanto prendia as florinhas nas tranças. Comecei a rondar a Maria, uma cozinheira meio velha que sabia fazer o peru do Natal, A Leocádia tem namorado? Ela fechou a cara, Não sei e não interessa. Já fez sua lição?
Morávamos agora em Descalvado depois da mudança com o piano no gemente carro de boi e o caminhão com a cachorrada e mais a Leocádia e a Maria. No fordeco que o meu pai ganhou numa rifa seguimos nós, o pai, Tia Laura e

minha mãe comigo no colo. O carcereiro guiando, o único que sabia guiar.

Naquela tarde, quando voltei da escola encontrei todo mundo assim de olho arregalado. No quintal, a cachorrada se engalfinhando. E a Leocádia? perguntei e tia Laura foi saindo assim meio de lado, andava desse jeito quando aconteciam coisas. Fechou-se no quarto. Não vi minha mãe. Sondei a Maria que evitava me encarar. Pegou de repente a panela e avisou, Vou estourar pipoca. Puxei-a pelo braço, A Leocádia fugiu? perguntei e ela resmungou, Isso não é conversa de criança.

Quando a minha mãe chegou já era noite. Tinha os olhos vermelhos e andava assim curvada como se o xale nos ombros fosse de chumbo. Fez um sinal para a Maria, acariciou minha cabeça e foi para o quarto de Tia Laura. Banzei com o prato de pipoca mas assim que Maria desceu para o quintal, corri para escutar detrás da porta. Agora era minha mãe que falava chorando, Não, Laura, não, ela está morrendo!... A pobrezinha está morrendo, imagina, grávida de três meses, três meses! E a gente que não desconfiou de nada, que tragédia, meu Deus, que tragédia! Respirou fundo e veio então a voz da tia, Mas quem fez esse aborto, quem?! E o nome do namorado, ela não disse o nome dele, não disse? Minha mãe falava agora tão baixinho que precisei colar o ouvido na fechadura, Não vai passar desta noite, a pobrezinha... Agonizando e assim mesmo me reconheceu, beijou minha mão, Ô Madrinha, Madrinha!... Perguntei, mas por que você não me contou, eu te ajudava, criava com tanto amor essa criança... Ela fechou os olhos, sorriu e acho que depois não escutou mais nada. Daí o doutor, um santo, me pegou pelo braço e pediu que eu saísse da enfermaria, precisava dar nela a última injeção, ah! Laura, Laura. Que tragédia! Expliquei que o meu marido tinha viajado para São Paulo, só nós duas aqui e acontece uma coisa dessas! A voz de Tia Laura veio quase aos gritos, Mas e o nome dessa parteira, do namorado?! Minha mãe voltou a se assoar e me pareceu mais calma, Ora, os nomes, o que adianta agora?... Nem para o doutor ela disse, um santo esse médico, um santo! Pediu que eu saísse, me deu um calmante e pediu ainda que eu não voltasse mais, cuidaria de tudo, estava acostumado com essas coisas... A pobrezinha foi embora com o seu segredo, ah, meu Deus, meu Deus! Lembra, Laura? Quando eu tocava piano ela vinha correndo e se sentava no chão para ouvir, Toca mais, Madrinha! Tinha uma voz linda, lembra? Eu cuidaria dela, da criança, cuidaria de tudo, disse minha mãe e afastou a cadeira. Começou a andar. Apertei contra o peito o prato de pipocas e recuei. Tia Laura também se levantou, Agora é tarde! disse e suspirou. Ainda esperei um pouco, mas ela não tocou na Inês.

Eu não gostava do mês de dezembro porque era nesse mês que vinha o último boletim da escola, melhor pensar na quermesse do Largo da Igreja com as barracas das prendas e a banda militar tocando no coreto. Nesse sábado a minha mãe e Tia Laura foram na frente porque eram as barraqueiras, meu pai iria mais tarde para ajudar no leilão. Precisei fazer antes a lição de casa e assim combinei de ir com a Maria quando ficasse pronto o peru. Já estava escurecendo quando passei pelo jasmineiro e parei de repente, o que era aquilo, mas tinha alguém ali dentro? Cheguei perto e vi no meio dos galhos a cara transparente de Leocádia, o riso úmido. Comecei a tremer, A quermesse, Leocádia, vamos? convidei e a resposta veio num sopro, Não posso ir, eu estou morta... Fui me afastando de costas até trombar na Keite que tinha vindo por detrás e agora latia olhando para o jasmineiro. Peguei-a apertando-a contra meu peito, Quieta! ordenei, Cala a boca senão os outros escutam, você não viu nada, quieta! Ela começou tremer e a ganir baixinho. Encostei a boca na sua orelha, Bico calado! repeti e beijei-lhe o focinho, Agora vai! Ela saiu correndo para o fundo do quintal. Quando voltei para o jasmineiro não vi mais nada, só as florinhas brancas no feitio das estrelas.

Subi pela escada nos fundos da casa e entrei na cozinha. Maria embrulhava o peru assado no papel-manteiga. Andou sumida, ela disse e me encarou. Mas o que aconteceu, está chorando? Enxuguei a cara na barra do vestido, Me deu uma pontada forte no dente do fundo! Ela franziu a boca, Mas o dentista não chumbou esse dente? Espera que eu vou buscar a Cera do Doutor Lustosa, avisou mas puxei-a pelo braço, Não precisa, já passou! Ela abriu a sacola e enfiou dentro o peru:

— Então vamos lá.

Na calçada tomou a dianteira no seu passo curto e rápido, a cabeça baixa, a boca fechada. Fui indo atrás e olhando para o céu, Não tem lua! eu disse e ela não respondeu. Tentei assobiar, *Nesta rua nesta rua tem um bosque* e o meu sopro saiu sem som. Fomos subindo a ladeira em silêncio.

Suicídio
na Granja

Alguns se justificam e se despedem através de cartas, telefonemas ou pequenos gestos — avisos que podem ser mascarados pedidos de socorro. Mas há outros que se vão no mais absoluto silêncio. Ele não deixou nem ao menos um bilhete?, fica perguntando a família, a amante, o amigo, o vizinho e principalmente o cachorro, que interroga com um olhar ainda mais interrogativo do que o olhar humano, E ele?!
  Suicídio por justa causa e sem causa alguma e aí estaria o que podemos chamar de vocação, a simples vontade de atender ao chamado que vem lá das profundezas e se instala e prevalece. Pois não existe a vocação para o piano, para o futebol, para o teatro. Ai!... para a política. Com a mesma força (evitei a palavra paixão) a vocação para a morte. Quando justificada pode virar uma conformação, Tinha os seus motivos! diz o próximo bem informado. Mas e aquele suicídio que (aparentemente) não tem nenhuma explicação? A morte obscura, que segue veredas indevassáveis na sua breve ou longa trajetória.
  Pela primeira vez ouvi a palavra suicídio quando ainda morava naquela antiga chácara que tinha um pequeno po-

mar e um jardim só de roseiras. Ficava perto de um vilarejo cortado por um rio de águas pardacentas, o nome do vilarejo vai ficar no fundo desse rio. Onde também ficou o Coronel Mota, um fazendeiro velho (todos me pareciam velhos) que andava sempre de terno branco, engomado. Botinas pretas, chapéu de abas largas e aquela bengala grossa com a qual matava cobras. Fui correndo dar a notícia ao meu pai, O Coronel encheu o bolso com pedras e se pinchou com roupa e tudo no rio! Meu pai fez parar a cadeira de balanço, acendeu um charuto e ficou me olhando. Quem disse isso? Tomei o fôlego: Me contaram no recreio. Diz que ele desceu do cavalo, amarrou o cavalo na porteira e foi entrando no rio e enchendo o bolso com pedra, tinha lá um pescador que sabia nadar, nadou e não viu mais nem sinal dele.

Meu pai baixou a cabeça e soltou a baforada de fumaça no ladrilho: Que loucura! No ano passado ele já tinha tentado com uma espingarda que falhou, que loucura! Era um cristão e um cristão não se suicida, ele não podia fazer isso, acrescentou com impaciência. Entregou-me o anel vermelho-dourado do charuto. Não podia fazer isso!

Enfiei o anel no dedo, mas era tão largo que precisei fechar a mão para retê-lo. Mimoso veio correndo assustado. Tinha uma coisa escura na boca e espirrava, o focinho sujo de terra. Vai saindo, vai saindo! ordenei fazendo com que voltasse pelo mesmo caminho, a conversa agora era séria. Mas, pai, por que ele se matou, por quê?! fiquei perguntando. Meu pai olhou o charuto que tirou da boca. Soprou de leve a brasa: Muitos se matam por amor mesmo. Mas tem outros motivos, tantos motivos, uma doença sem remédio. Ou uma dívida. Ou uma tristeza sem fim, às vezes começa a tristeza lá dentro e a dor na gaiola do peito é maior ainda do que a dor na carne. Se a pessoa é delicada, não aguenta e acaba indo embora! Vai embora, ele repetiu e levantou-se de repente, a cara fechada, era o sinal: quando mudava de posição a gente já sabia que ele queria mudar de assunto. Deu uma larga passada na varanda e apoiou-se na grade de ferro como se quisesse examinar melhor a borboleta voejando em redor de uma rosa. Voltou-se rápido, olhando para os lados. E abriu os braços, o charuto preso entre os dedos: Se matam até sem motivo nenhum, um mistério, nenhum motivo! repetiu e foi saindo da varanda. Entrou na sala. Corri atrás. Quem se mata vai pro inferno, pai? Ele apagou o charuto no cinzeiro e voltou-se para me dar o pirulito que eu tinha esquecido em cima da mesa. O gesto me animou, avancei mais confiante: E bicho, bicho também se mata? Tirando o lenço do bolso ele limpou devagar as pontas dos dedos: Bicho, não, só gente.

Só gente? eu perguntei a mim mesma muitos e muitos anos depois, quando passava as férias de dezembro numa fazenda. Atrás da casa-grande tinha uma granja e nessa granja encontrei dois amigos inseparáveis, um galo branco e um ganso também branco mas com suaves pinceladas cinzentas nas asas. Uma estranha amizade, pensei ao vê-los por ali, sempre juntos. Uma estranhíssima amizade. Mas não é a minha intenção abordar agora problemas de psicologia animal, queria contar apenas o que vi. E o que vi foi isso, dois amigos tão próximos, tão apaixonados, ah! como conversavam em seus longos passeios, como se entendiam na secreta linguagem de perguntas e respostas, o diálogo. Com os intervalos de reflexão. E alguma polêmica mas com humor, não surpreendi naquela tarde o galo rindo? Pois é, o galo. Esse perguntava com maior frequência, a interrogação acesa nos rápidos movimentos que fazia com a cabeça para baixo e para os lados, E então? O ganso respondia com certa cautela, parecia mais calmo, mais contido quando abaixava o bico meditativo, quase repetindo os movimentos da cabeça do outro mas numa aura de maior serenidade. Juntos, defendiam-se contra os ataques, não é preciso lembrar que na granja travavam-se as mesmas pequenas guerrilhas da cidade logo adiante, a competição.

A intriga. A vaidade e a luta pelo poder, que luta! Essa ânsia voraz que atiçava os grupos, acesa a vontade de ocupar um espaço maior, de excluir o concorrente, época de eleições? E os dois amigos sempre juntos. Atentos. Eu os observava enquanto trocavam pequenos gestos (gestos?) de generosidade nos seus infindáveis passeios pelo terreiro, Hum! olha aqui esta minhoca, sirva-se à vontade, vamos, é sua! dizia o galo a recuar assim de banda, a crista encrespada quase sangrando no auge da emoção. E o ganso mais tranquilo (um fidalgo) afastando-se todo cerimonioso, pisando nas titicas como se pisasse em flores, Sirva-se você primeiro, agora é a sua vez! E se punham tão hesitantes que algum frango insolente, arvorado a juiz, acabava se metendo no meio e numa corrida desenfreada levava no bico o manjar. Mas nem o ganso com seus olhinhos redondamente superiores nem o galo flamante — nenhum dos dois parecia dar maior atenção ao furto. Alheios aos bens terreirais, desligados das mesquinharias de uma concorrência desleal, prosseguiam o passeio no mesmo ritmo, nem vagaroso nem apressado, mas digno, ora, minhocas!

Grandes amigos, hein?, comentei certa manhã com o granjeiro que concordou tirando o chapéu e rindo, Eles comem aqui na minha mão!

Foi quando achei que ambos mereciam um nome assim de acordo com suas nobres figuras, e ao ganso, com aquele andar de pensador, as brancas mãos de penas cruzadas nas costas, dei o nome de Platão. Ao galo, mais questionador e mais exaltado como todo discípulo, eu dei o nome de Aristóteles.

Até que um dia (também entre os bichos, *um dia*) houve o grande jantar na fazenda do qual não participei. Ainda bem. Quando voltei vi apenas o galo Aristóteles a vagar sozinho e completamente desarvorado, os olhinhos suplicantes na interrogação, o bico entreaberto na ansiedade da busca, Onde, onde?!... Aproximei-me e ele me reconheceu. Cravou em mim um olhar desesperado, Mas onde ele está?! Fiz apenas um aceno ou cheguei a dizer-lhe que esperasse

um pouco enquanto ia perguntar ao granjeiro: Mas e aquele ganso, o amigo do galo?!
Para que prosseguir, de que valem os detalhes? Chegou um cozinheiro lá de fora, veio ajudar na festa, começou a contar o granjeiro gaguejando de emoção. Eu tinha saído, fui aqui na casa da minha irmã, não demorei muito mas esse tal de cozinheiro ficou apavorado com medo de atrasar o jantar e nem me esperou, escolheu o que quis e na escolha acabou levando o coitado, cruzes!... Agora esse daí ficou sozinho e procurando o outro feito tonto, só falta falar esse galo, não come nem bebe, só fica andando nessa agonia! Mesmo quando canta de manhãzinha me representa que está rouco de tanto chorar, Onde você está, onde?!...

Foi o banquete de Platão, pensei meio nauseada com o miserável trocadilho. Deixei de ir à granja, era insuportável ver aquele galo definhando na busca obstinada, a crista murcha, o olhar esvaziado. E o bico, aquele bico tão tagarela agora pálido, cerrado. Mais alguns dias e foi encontrado morto ao lado do tanque onde o companheiro costumava se banhar. No livro do poeta Maiakóvski (matou-se com um tiro) há um poema que serve de epitáfio para o galo branco:

Comigo viu-se doida a anatomia:
sou todo um coração!

A Dança com o Anjo

Agora eu precisava convencer minha mãe que resistia bravamente: Mas filha, que festa é essa?! Seus colegas são uns desmiolados, e se a coisa acabar em bebedeira, desordem? E quem vai te levar e depois te trazer?

A Segunda Guerra Mundial estava quase no fim, o planeta enfermo sangrando e uma frase muito na moda nestes trópicos, O preço da paz é a eterna vigilância! Ora, se a paz (com toda a ênfase no ponto de exclamação) já estava mesmo perdida, o importante agora era não perder a virgindade e disso cuidava a minha atenta mãe: o mito da castidade ainda na plenitude, nem o mais leve sinal da bandeira feminista hasteada nestas palmeiras. E o nosso sabiá não sabia da pílula, não sabia de nada. O anunciado mercado de trabalho para *O Segundo Sexo* (que Simone de Beauvoir ainda nem tinha inventado) estava apenas na teoria, a solução era mesmo casar. E lembro agora de uma vizinha da minha mãe cerrando os olhos sofredores: Tenho cinco punhais cravados no peito, as minhas cinco filhas solteiras!

Nesta altura, com a minha irmã mais velha já casada, minha mãe tinha apenas um punhal, este aqui.

— É um jantar sério, homenagem ao nosso professor, um velhinho. Acho que ainda vai ser o nosso paraninfo, preciso aumentar a nota nessa matéria, entendeu agora, mãe?

Ela fixou em mim o olhar dramático. Eu passava o esmalte nas unhas, Rosa Antigo, era essa a cor.

— Mas hoje é 11 de agosto, menina, não é dia de *pindura* lá na Faculdade?

— Mas é a única noite que o professor tinha livre! A escolha foi dele, não foi nossa, querida. E a boate é familiar, eu já disse, fica no Largo de Santa Cecília, ao lado da igreja. A Cida vem me buscar, o ônibus passa lá na porta e depois a gente volta com o irmão dela que tem carro.

Minha mãe sentou-se e entrelaçou as mãos em cima da mesa. Voltou para o teto o olhar sem sossego e então pensei na imagem da Nossa Senhora das Dores com o seu manto roxo.

— O rádio deu há pouco notícias alarmantes. E se justo hoje tiver um ataque aéreo?

Fechei o vidrinho de esmalte e fiquei soprando as unhas e pensando que a guerra doméstica era ainda mais difícil do que a outra. Voltei a lembrar que o Eixo estava quase derrotado, mais um pouco e ia acabar aquela agonia, mas por que iam agora atacar este aliado aqui no cu de judas?! Não falei no *cu de judas* (uma expressão do Tio Garibaldi) mas nas botas: Aqui onde Judas perdeu as botas? E vai ver, as meias... Minha mãe deu um nó nas pontas do xale azul-noite, o inverno continuava? Continuava. Tentei fazer graça, O Führer parece que está furioso, acho que é o fim. Ela levantou-se num silêncio digno. Recorri ao argumento decisivo, como podia me casar sem participar dessas festinhas?

— Está bem, filha. E que Deus te acompanhe — murmurou fazendo o gesto de fatal resignação. Quando abriu o piano me pareceu menos tensa, ia tocar o seu Chopin.

A mesa da boate na cobertura já estava repleta quando chegamos com algum atraso, O ônibus demorou demais!

desculpou-se a Cida e ninguém ouviu a desculpa porque fomos recebidas pelos colegas (engravatados) com uma ardente salva de palmas. Procurei pelo professor mas a cadeira com a vistosa guirlanda de flores ainda estava vazia. E o professor? perguntei e não tive resposta, todos falavam alto e ao mesmo tempo enquanto o uísque e o vinho eram servidos com fartura nas bandejas.

Fiquei impressionada com o luxo das acetinadas paredes brancas e pequenos lustres imitando castiçais com laçarotes para criar a intimidade aconchegante de uma caixa de bombons. E a orquestra tocando os sucessos de Tommy Dorsey para os pares que deslizavam na pista redonda, *You'll never know!...* gemia o cantor negro com a boca colada ao microfone.

Fiquei sentimental e ainda assim meio desconfiada, quem vai pagar isto? Achei o vinho tinto muito ácido, gostava era das *sangrias* que o meu pai preparava, ah! era fácil: encomendei ao garçom um filé com batatas e ainda um copo, açúcar e gelo, qual era o apóstolo que também gostava de sangria? Sem o gelo, lembrei e fiquei olhando para o meu colega pedindo lagosta, ele disse lagosta? Procurei passar para a Cida as minhas apreensões mas ela estava no extremo da mesa e não entendeu meus acenos interrogativos, bebia toda animada e às minhas dúvidas respondeu levantando o copo, Viva!

Paciência, resolvi atirando-me ao pãozinho quente que atochei com manteiga, fazer o quê?! Relaxar e comer e respirar o ar cálido da noite que se oferecia nas grandes janelas abertas para o céu. Tomei com prazer a *sangria* e fiquei olhando em êxtase para o enorme filé esfumaçante e com todos os acompanhamentos que o garçom deixou na minha frente. Estava delirando ou uma segunda orquestra tocava agora aquela maravilha que eu cantarolava no chuveiro, *Blue Moon! You saw me standing alone...*

Abri o *nécessaire*: durante o dia eu usava a espaçosa bolsa de couro cru assim a tiracolo, no estilo dos feirantes, mas reservava para a noite a discreta minibolsa preta e sem alça, no feitio de um missal. Quando fui retocar o batom, refletida no espelho apareceu a cara iluminada de um moço que veio por detrás e chegou com o queixo até o meu ombro, Vamos dançar?

    Voltei-me. Quem era agora aquele menino de cabelos encaracolados, quase louros e olhos tão azuis — mas não era mesmo uma beleza de colega? Que eu não conhecia. Mas qual é a sua turma?, quis perguntar e continuei em silêncio, quando me emocionava, não conseguia falar. Alto e esguio, de terno azul-marinho e gravata vermelha, ele me pareceu elegante mas discreto. E tímido, sim, apesar do convite repentino. Levantei-me.

    — Venha com a bolsa — ele pediu com naturalidade.

    Obedeci sem entender, por que levar o *nécessaire*? Eu dançava mal mas ele me conduzia com tanta firmeza que fiquei flexível, leve — mas quem era ele? Afastei-me um pouco para vê-lo e achei-o parecido com os heróis dos livros da minha adolescência, as pestanas longas, a fronte pura. E aquelas mãos de estátua. Mas de que turma seria? fiquei me perguntando e como se adivinhasse o meu pensamento, ele justificou-se: frequentava pouco a Faculdade, não tinha amigos, era um tipo solitário. Trabalhava com o pai num escritório e sua paixão verdadeira era a música, tocava violino.

    — Violino? — estranhei enquanto me deixava levar, ah! eu ficaria dançando assim até o fim dos tempos, Não pare nunca! tive vontade de pedir quando passei perto da orquestra.

    E de repente tudo foi se precipitando com tamanha rapidez que fiquei meio atordoada: vi a Cida que vinha conversando com um colega, estava rindo mas o olhar míope me pareceu aflito, Cida! eu chamei. E ela continuou andando e não me viu nem me escutou. Mas o que está acontecendo? perguntei quando descobri que agora seguíamos dançando fora da pista, na direção dos elevadores.

    — Isto é um *pindura*, minha querida, e vai acabar muito mal, ele segredou em meio a um rodopio. Suavemente foi me impelindo para o elevador que se abriu. — Entre depressa — ordenou num tom despreocupado. — Tome um táxi lá embaixo e agora vai!

Apertei-lhe a mão tentando retê-lo, E a Cida, e você?... Ele foi se desprendendo e se afastando aos poucos: Ela já sabe e está segura, fique tranquila. E eu me arrumo, boa noite, vai! O elevador já descia quando me lembrei, táxi? Mas eu só tinha para o ônibus... Ouvi então sua voz já remota mas singularmente próxima, O dinheiro está na bolsa!

Cheguei na calçada e parei porque me senti de repente banhada de luz. Olhei para o céu coruscante de estrelas. Então ouvi as sirenes aflitas dos carros da polícia chegando com estardalhaço. Entrei toda encolhida no táxi e apertando o falso missal que nem precisei abrir porque sabia que a exata quantia da corrida já estava ali.

Na manhã seguinte encontrei a Cida me esperando impaciente na porta da Faculdade. Foi logo ao meu encontro:

— Você já soube? Ih, fugi pela escada de incêndio mas antes te procurei adoidada, onde você se meteu, menina, onde?!

— Mas eu estava ali mesmo, dançando na pista, vi você passar e chamei, chamei e você não me ouviu, coisa mais esquisita! — disse e apertei-lhe o braço. — Dancei com um colega lindo que nunca vi antes, não, você também não conhece — acrescentei e fiquei olhando para o pátio. — Me tirou e saímos dançando, nunca vi esse menino antes...

— Vamos mais depressa que já estamos atrasadas, a aula! — ela avisou baixando o olhar aturdido. Puxou-me pela manga do pulôver: — Sei que bebi mas não foi tanto assim, repito que não te vi dançando com ninguém, com ninguém! Como conseguiu ficar invisível? Sei que você desapareceu da boate, desapareceu da festa, perguntei e nada, você fez puf! e sumiu completamente, que loucura! — resmungou e olhou o relógio de pulso: — Ih! temos que correr, vem depressa! Mas o que está procurando agora? O seu par?!

Empurrei-a para junto da coluna e contei-lhe na maior emoção o meu encontro com o desconhecido: Ele não parecia real, Cida, pelo amor de Deus! acredite em mim, foi demais misterioso, acrescentei e consegui detê-la pelo braço porque ela já ia indo adiante: Tive agora a revelação, acho que ele era um Anjo! Ele era um Anjo e por isso você não me viu, desaparecemos juntos! Ele me guardou e me protegeu, sem abrir o meu *nécessaire*, ouviu isso? deixou lá dentro o dinheiro para o táxi. Apareceu e desapareceu para sempre, ah! um mancebo tão belo, nas histórias antigas eles eram chamados de mancebos, lembra? Disse que tocava violino...

— Amarrei um pileque e quem pirou foi você — ela resmungou apertando o maçarote de apostilas debaixo do braço. Desatou a rir cravando em mim o olhar míope: — Você falou em violino? Pois fique sabendo que é esse o instrumento preferido do Anjo Decaído, aquele! — disse engrossando a voz e espetando com a mão livre dois dedos na testa.

A porta da sala de aula já estava fechada. Ela alisou a gola da blusa. Inclinou-se para cochichar:

— Meu pessoal estava dormindo quando cheguei, uma sorte. E com você, algum interrogatório?

Ajeitei a alça da bolsa no ombro e passei o pente no cabelo.

— A dúvida da minha mãe é saber se por acaso um Anjo pode casar. Pode?

Abafamos o riso na palma da mão e em seguida fizemos uma cara austera. Abri a porta.

Se és Capaz

O adolescente fixou com tachas na parede do quarto o poema "Se...", de Rudyard Kipling, presente do avô. Releu emocionado o pergaminho com as vistosas letras góticas em vermelho e negro e lembrou das palavras do velho: Quero que guarde esta carta de princípios para sempre.
 Para sempre, ele repetiu passando de leve as pontas dos dedos pelo pergaminho. Gostava de poesia, principalmente desse tipo de poesia otimista que aposta no homem, era um excelente atleta. Fáceis alguns desses desafios, não? Vamos lá:

Se és capaz de manter a tua calma quando
Todo mundo em redor já a perdeu e te culpa;
De crer em ti quando estão todos duvidando
E para estes no entanto achar uma desculpa;
Se és capaz de esperar sem desesperares...

O longo "If..." era mais belo em inglês, o avô advertiu. Mas por enquanto ele ficaria com a tradução e a esperança de cumprir os desafios. Todos? perguntou o adolescente.

Acendeu um cigarro e concluiu que alguns, sem dúvida, eram mais complicados: se o próximo o julgasse com crueldade ele teria diante desse próximo o melhor dos pensamentos e se lhe batessem num lado da face, imediatamente devia oferecer o outro lado. Difícil, refletiu o mocinho. Tantas turbulências (na família, na escola) e ele inatingível porque estava escrito, quando em redor todos perderem a cabeça, teria que conservar a própria. Difícil, não? perguntou em voz alta. Coisa de bombeiro, disse e riu quando lembrou que na infância sonhou com essa profissão, ah! a coragem. O amor daqueles homens pelo próximo e pelos bichos, quando entravam no fogo e na água para salvar um mísero cachorrinho na janela de um sótão em chamas. Ou boiando na enchente em cima de uma tábua. Depressa, chamem um bombeiro! gritavam quando a casa era arrastada na avalanche de lama. Chamem um bombeiro! gritavam quando a mulher desiludida ameaçava saltar da sacada do vigésimo andar.

Eis aí um poema que combinava com essa brava gente, o adolescente concluiu. Afinal, o poeta queria perguntar apenas isto, És um rato ou és um homem? Se és capaz, meu filho, então és um Homem! E o adolescente baixou o olhar desanimado. A verdade é que não via mais nenhum herói em redor. E tinha paixão pelos heróis.

As dúvidas aumentaram quando o jovem bacharel (Ciências Jurídicas e Sociais) foi reler o poema. Refletiu, mas aquelas eram proezas dignas de um deus, compreende? Tanta disciplina, tanto controle. Já sabia que Rudyard Kipling era um famoso escritor inglês, é lógico, quem mais teria uma cabeça assim fria? Vivera naquela Índia tão miserável e tão maravilhosa, um espinho na mística do colonialismo britânico — ih! como as peças se buscavam e se encaixavam nesse mosaico. Quem mais senão um inglês espiritualista poderia lançar desafios tão sublimes? Nessa linha, ele teria que dar agora a outra face para o amigo, o pequeno canalha que além de roubar-lhe a namorada ainda vinha pedir o carro emprestado para sair com a traidora. Num dia de gripe, despregou com impaciência o pergaminho da parede (com todo o respeito, viu, avô?) porque de nada valem os princípios gravados na memória e não no coração.

 Entrou firme na política e com um único objetivo, enriquecer. Tinha um nome decorativo, boa aparência e sabia seduzir quando falava. Então, enriquecer rapidamente mas sem prejudicar ninguém, é evidente, teria que visar apenas os cofres públicos — uma fortuna incalculável mas sem feições. Esse o objetivo sem riscos e sem punição, avançar nessa fortuna coletiva. Reconhecia, estava fazendo o oposto do que o tal poema aconselhava mas por enquanto era preciso deixá-lo quieto, silencioso feito o querido avô também fechado numa gaveta. Vamos por partes, costumava dizer nos comícios. Nas prioridades, fazer um casamento sólido com uma jovem que também somasse socialmente e com belas ancas para os filhos que haveriam de vir. Veio apenas um.

 Maturidade. A idade madura então é esta? Espera, mas quem falou em verme? assustou-se quando deu com a própria imagem refletida no espelho. Tentou um consolo, mas eu queria isso mesmo ou não? Ser este medalhão rico. Com poder. E então?! perguntou e desviou do espelho o olhar desgostoso, o problema é que não estava se reconhecendo ali naquele instante. Baixou o olhar para as mãos. E essas pequenas manchas que já iam invadindo os dedos? Desde quando estão aí? estranhou e rapidamente escondeu as mãos nos bolsos. Levantou a cabeça com energia, ora, eram sardas de sol, pois não andou jogando tênis? Voltou-se para o espelho e teve um sorriso entre zombeteiro e irônico: por acaso não era essa a expressão de um marido que acaba de saber que a mulher tem um amante?

 Inclinou-se para a mala aberta em cima da cama e nela estendeu o suéter. Acendeu um cigarro e olhou em redor à procura de um cinzeiro, desde que ela deixou de fumar os cinzeiros da casa sumiram. Dobrou o paletó, enfim, a verdade é que há muito já não restava mais nem sombra de amor entre os dois. Ainda assim, ela poderia ter tido um pouco mais de pudor, não? resmungou enquanto embolava o pijama. Enfiou-o num canto da mala. Ora, falar em mulher é falar em chifres, compreende? Chifres, chifres! exclamou ao juntar os chinelos, sola contra sola. Apertou-os contra o pijama e ficou pensativo, e a papelada? Fica para depois, resolveu e abriu a última gaveta da escrivaninha. Viu o rolo de pergaminho, *Se és capaz...* De perdoar? Pegou o copo de uísque. Não, não sou capaz não! disse e triturou nos dentes a lâmina de gelo. Embora já tivesse traído à beça aquela dona que inesperadamente resolveu fazer o mesmo e logo com um amigo, ai! os amigos. Um pobretão que ia ficar mais pobre porque ela era uma consumista desbragada, Ele vai ver a musa na intimidade. Bem feito! exclamou e ficou olhando para os próprios sapatos e lembrando que lá no começo ela fazia tanta questão de escová-los. Cansou, eu também cansei, casamento é cansativo. Suspirou e foi ver a noite lá fora. Olhou o relógio. A psicanalista freudiana já devia estar impaciente, Teve algum problema? ela ia perguntar com sua voz de falsa calma. Milhares deles, podia responder ainda no estilo daquelas sessões de terapia durante as quais acabavam grudados no sofá branco do consultório. A única terapia que funciona e rapidamente, ouviu, doutora? Enfim, ser humano é mesmo cansativo, a melhor solução ainda era ir bater caixa com os amigos e amigas mas de preferência com as feias e sem ilusões para não começarem com as ideias. Olhou de novo o relógio. Paciência, querida doutora, esperar sem desesperar — não era a lição lá do poeta inglês? Ajeitou o rolo de pergaminho debaixo dos chinelos e apertou o nó da gravata. Ia sair sozinho e sem testemunhas, a Grande Vaca estava escondida na casa da irmã, medo de apanhar? E o filho (*playboy* pilantra!) devia andar com a boçal da mulher jogando em Las Vegas e sem sorte, perdeu tudo no pôquer, até o carro. Apalpou os bolsos e teve um último olhar para o retrato do avô na moldura de prata. A gente é frágil, querido. Por que esse orgulho de se mostrar perfeito, se a natureza humana é a própria imperfeição? Animou-se, eis aí uma boa frase para ser usada no próximo discurso, compreende? Ajeitou a mala no banco traseiro do carro e hesitou antes de dar a partida: o clube ou um hotel? E a freudiana esperando e fumando sem parar lá no ninho branco feito um lírio, só usava branco. Mas casar não, viu, querida? Casar, nunca mais.

Quando acabou o terceiro casamento, as coisas evoluíram num ritmo mais rápido ou foi só impressão? Aposentou-se (a horda feroz das novas gerações) e vendeu o último imóvel que lhe restara, estava pobre. O filho jogador, arruinado. Todo dolorido (artrite), foi morar num modesto apartamento com o jovem acompanhante. E que me odeia, ele pensou baixando o olhar manso. O que é natural, é evidente. O importante agora era não pesar mais do que estava pesando no fim dessa sua travessia solitária. E tentar compreender esse próximo cada vez mais irascível, mais exaltado, ainda na véspera os vizinhos ensandecidos quase lincharam um mendigo, talvez um estuprador, talvez. E apenas ele (empurrado, insultado) a impedir o linchamento. Não podia mais ler (a vista péssima) nem assistir àqueles filmes dos quais gostava tanto porque as imagens começaram a escorrer como água na pequena tela da televisão. Ouvia os noticiários (sempre terríveis) e quando a vista estava melhor pegava a lupa e lia a Bíblia. Ou alguma biografia, ah! como se emocionara com a biografia de Santo Antão, o eremita que viveu em cavernas. Jazigos. Detinha-se, às vezes, no velho pergaminho todo comido de traças e fixado com durex na tosca estante ao lado da cama, "Se..." Quase todas as pessoas falavam com alegria na infância e a minha infância? Tirante alguns momentos doces, tudo tinha sido tão cruel. Tão injusto, tantos desentendimentos na família e sempre em voz alta, alta demais. Excluído o avô (uma lembrança amável) restara a desavença. A discórdia. Que prosseguiu (com maior ou menor intensidade) pela vida afora, quando foi enganado e enganou. Aquela desesperada luta pelo poder e no poder, a corrupção. A mentira. Uma dúvida, foi no poder que me perdi ou eu já estava perdido? A dor aguda (tão aguda!) na coluna, nas juntas. E a dor lá dentro.

Assim que o jovem acompanhante saía para as suas aulas no curso noturno, sentia-se como uma criança na hora do recreio. Tomava uma dose maior de vinho tinto (azedou?) e ficava vendo uma coisa ou outra no modesto espaço disponível. Com o acompanhante longe, não precisava chorar escondido quando dava aquela bruta vontade de chorar. Ou de rezar em voz alta, por que a oração reprimida? Que difícil, que difícil é envelhecer! Meus Anjos, meus Santos, que difícil! ficou gritando certa noite e soqueando a parede com tanta força que a vizinha do apartamento, uma cartomante velhota, veio saber o que estava acontecendo. Foi um pesadelo, ele desculpou-se com o sorriso que usava no palanque. No sonho, a senhora sabe, o inconsciente, esse peralta, se aproveita e arromba a porta e então, o susto... Ela retribuiu o tom sedutor com o antigo trejeito de mordiscar a pontinha da língua como fazia lá no bordel da juventude. Onde aprendeu o pouco do inglês que gostava de exibir quando pedia um tempo antes de se deitar com o freguês, *A moment, please!* E que repetia agora ao deitar as cartas na mesa, *A moment!*...

Quando a velhota se despediu com o tremelicar dos dedos entortados, *Bye!* ele sufocou os soluços no travesseiro (meu Deus!) e enxugou depressa a cara, o acompanhante estava chegando. E logo faria a maldita pergunta, O senhor quer agora uma canja? Limpou o nariz no lençol, Tenho ódio de canja, está me compreendendo? Ódio de canja, ódio de galinha, ódio, ódio! Se vier com essa canja nojenta, avanço no seu pescoço com a desativada dentadura que me resta e trituro sua jugular feito uma minhoca!

O acompanhante o cumprimentou, guardou os livros e fez a pergunta em voz baixa, O senhor quer que esquente a canja? O enfermo instalou-se na desbotada poltrona e levou a mão à testa num gesto de reflexão, Sim, por favor.
    Pois é, a infância. Qual a infância que resiste a uma família despedaçada? Tantos rompimentos. Conflitos. O único que restou inteiro foi aquele avô com as lições de ética. Mas morava longe e adoeceu e foi morar mais longe ainda, a infância?! Foi para compensar tamanha carência que virou aquele político safado? A idolatria do poder, do dinheiro. Ou a canalhice já se escondia dentro dele feito um cupim criando o vazio. O oco. Ficou a lembrança doce daquela primeiríssima vocação, cinco, seis anos? Quando pediu com tanto ardor, Pai, eu queria ser bombeiro! Tão simples recorrer agora ao colega, Chamem um bombeiro! e já aparecia o bravo moço fardado e com um rolo de corda para puxá-lo do fundo do abismo. E para puxar também (com todo o respeito) o próprio país.
    A morte e o medo. O medo agudo que o fazia entrar debaixo da cama, uma criança se escondendo, Não!... E inesperadamente, a serenidade, simples ausência da ansiedade. Quando então ficava estatelado, uma nuvem sem o vento. Um barco quieto num mar quieto. Quieto e ainda assim sugerindo a esperança da evasão em busca do equilíbrio que era o horizonte lá longe reduzido a uma linha entre esse mar e o céu. As tempestades, os furacões. E a linha inalterável. Indestrutível. Às vezes, o medo menor, mesquinho porque próximo: medo de desencadear o mau humor no impaciente acompanhante, isso se viesse a piorar e ia piorar! ficando ainda mais dependente desse jovem que devia ter lido o poema do homem perfeito, *Se és capaz...* Não leu.

— Quero me preparar para contemplar a eternidade — ele disse ao filho que andava sumido e reapareceu num giro da *Roda da Fortuna*, falava muito nessa roda. Veio de roupa nova, com nova mulher e carro novo, anunciando um novo negócio, lidava agora com cavalos. Touros: os rodeios!

— Eternidade, pai? — o filho perguntou coçando a calva.

— Queria escapar desta prisão da vida — disse o velho num tom de quem pede desculpas. — Ficar longe, inalcançável, compreende? Ah, se me aceitassem, entraria para um convento e com as forças que me restam ficaria lá cuidando do jardim.

— Convento? — repetiu o filho olhando em redor, pensativo. Por um breve instante a testa ficou anuviada. Animou-se: — Sem problema, pai! Estou ganhando bem, fique tranquilo que vou tomar providências.

E no dia seguinte foi ver se tinha alguma vaga naquela clínica com uma ala especial para esclerosados, clínica de repouso nada deprimente, ao contrário: às quartas tinha ginástica e aos sábados os velhinhos podiam participar de uma esfuziante festa-baile.

Cinema
Gato Preto

— Fecha essa janela, sua besta! — gritou o meu irmão tomado de fúria.

Foi no pedaço do filme em que a mocinha encacheada, depois de vestir a camisola esvoaçante, abriu a janela do balcão dando para a noite. Noite de lua cheia servindo de pano de fundo para o morcego que veio crescendo no seu voo de veludo, entrou pela janela e já virou o homem com roupa de ópera.

— Mas é mesmo uma besta essa daí! — resmungou meu irmão dando um forte pontapé na cadeira da frente que estava vazia.

Lá na tela, a mocinha gemente mas muda (cinema mudo) revirava-se no leito, os olhos revirados, as mãos reviradas arrancando do pescoço a corrente com a cruz e mais a trança de alho virgem da cabeceira e jogando tudo longe. Sacudiu a cabeça com os cachos emaranhados, abriu a boca e o grito logo apareceu na legenda em meio da moldura rendada em preto e branco: Não! Oh! não...

— O que foi que ela disse? — perguntou a Matilde me cutucando.

— Ela disse *não*! — respondi sem tirar os olhos da tela. Algumas fileiras adiante da nossa e abria-se na pequena sala o poço onde dona Guiomar martelava no piano, alertando para o perigo no exato momento em que o visitante lustroso já se aproximava sem ruído da mocinha de respiração curta: Boa noite!

— E agora? O que ele disse? — perguntou Matilde, a mão gelada apertando meu braço.

Matilde era nossa agregada parda e analfabeta, de idade meio avançada. Segundo minha mãe, logo ela ia ensinar Matilde a ler mas isso quando já estivéssemos morando na capital. A diferença é que dessa vez o meu pai seguiria sozinho para outra cidade cujo nome eu tinha esquecido. Quer dizer que meu pai e minha mãe vão ficar separados? perguntei e Matilde respondeu daquele jeito que não era nem sim nem não. Os quintais com as árvores de frutas, os cachorros, as procissões e as histórias — quer dizer que nessa tal de mudança eu ia ficar longe de tudo? Melhor pensar agora só no conde-morcego com sua capa de gola alta e cara alvacenta, cumprimentando a mocinha, Boa noite!

— Ele disse *Boa noite*! — cochichei no ouvido de Matilde. E fui afundando na cadeira porque o porteiro já vinha vindo com a lanterninha acesa para nos expulsar da sala.

— Vocês aí! Tenham a bondade de ir saindo, vamos, vamos!

Meu irmão foi o primeiro a se levantar com estardalhaço e gritando que o cinema não passava de um belo pulgueiro, Quem aguenta um pulgueiro desses?

— Vem! — disse Matilde fechando a cara e me pegando pelo braço. — Enfia logo esse sapato, vem!

No piano, dona Guiomar já começava toda chorosa "A Serenata" de Schubert que sempre anunciava uma cena de amor, minha mãe costumava tocar essa serenata. A solução era ir andando de costas, para continuar lendo o que disse a mocinha que tremia inteira feito uma vara verde, os cachos já desenrolados no alto dos travesseiros, Oh, não! Por favor, não!

— Ela disse que não quer...

— Não quer o quê, fala!

— Isso que ele vai fazer! — fui soprando e tropeçando pelo corredor afora enquanto o conde da boca preta já abocanhava o pescoço da desfalecida.

Agora a dona Guiomar interrompia "A Serenata" para tocar com entusiasmo "A Cavalaria Rusticana". Ficamos parados na calçada e ouvindo os sons desatinados que vinham lá de dentro. O céu embuçado mas com algumas estrelas.

— Ela vai morrer? — perguntou Matilde ao meu irmão.

— Antes morresse — ele resmungou. Tinha visto o filme na véspera e contou que o noivo, outra besta quadrada, chegou de repente numa carruagem e ainda teve tempo de salvar a porqueira da namorada.

— Vamos embora! — ordenou Matilde entortando a boca, o sinal de que estava muito contrariada. Segundo a minha mãe, Matilde já tinha dobrado o Cabo da Boa Esperança e embora eu não soubesse que cabo era esse, desconfiava que não podia ser boa coisa. — Seu pai é delegado, acho o cúmulo fazerem isso com os filhos do delegado.

Eu não sabia o que era *cúmulo* mas sacudi a cabeça afirmativamente, pois ele não era o delegado? Então me lembrei que Dona Carminha também não dava confiança para essas histórias de família.

Quando tive zero em geografia, me levantei e disse mesmo que o meu tio lá longe tinha caído dentro de um vulcão, quem mais na escola tinha tido um tio que caiu no vulcão? A professora era a Dona Carminha.

— Que tio é esse?

— Eu sabia o nome, agora esqueci. Caiu dentro do vulcão chamado Vesúvio. Era um parente da minha mãe, ela disse que ele caiu sem querer mas meu pai disse que ele foi empurrado lá dentro do fogaréu.

— E o que disse a sua professora?

— Que eu tinha um parafuso de menos e me mandou sair da sala.

— Pulgueiro! — gritou meu irmão apontando para o lanterninha que apareceu na porta. — E essa daí toca piano feito o nariz dela!

Matilde e eu fomos seguindo na frente enquanto o meu irmão vinha pelo meio da rua, chutando uma lata vazia. Ele estava sempre do lado dos bandidos enquanto eu ficava torcendo pelos mocinhos mas dessa vez, por algum motivo obscuro, não queria que o noivo rico acertasse o pontaço de madeira no coração adormecido do conde. Reconhecia, era um pensamento tão horrível que tinha agora que fazer uma nova confissão antes da hóstia. Com o Padre Pitombo perdendo a paciência, Aqui outra vez, menina?! Miolo mole! Já expliquei tudo, vou repetir mas guarda nessa cabecinha, existe o Bem e existe o Mal. Quando a gente escolhe o Bem, o coração fica contente porque vai ganhar o Céu e ponto-final, acabou, não tem mais conversa!

Apressei o passo para alcançar Matilde que disparava na frente, eu tremia de frio ou de medo? A cidade era pequena e ainda assim não era fácil fazer a tal divisão, o Bem de um lado e o Mal no lado oposto, fervendo no caldeirão. O Bem era o Largo do Jardim com a igreja, a casa do padre, a nossa casa e a escola. Mas e o clube, onde ficava o Clube Elite nessa divisão? No clube o meu pai ia beber e jogar com os amigos e minha mãe se queixava dessas noites que sempre acabavam em brigas feias quando ele voltava de madrugada. Então o clube era o Mal mas não era nesse mesmo clube que os artistas internacionais vinham cantar e recitar? Festas que a gente não perdia e isso não era bom? Ainda no clube o Padre Pitombo armava o teatrinho com as histórias que escrevia, entrei numa delas com minha bata de anjo para coroar Nossa Senhora. Mas não foi nesse palco que aquele desconhecido apareceu de repente, baixou as calças e ficou mostrando aquelas partes que Matilde chamava de *injúrias*? Meu pai mandou prender o homem que fugiu atravessando as grades e evaporando no ar, era um bruxo. Mas por falar em cadeia, onde ficava ela nessa divisão? Se meu pai era o delegado, estava do lado do Bem. Mas e os presos lá dentro, de que lado eles estavam? Tinha ainda o cinema Gato Preto que programava fitas com os casos da Bíblia, vi quatro vezes *A Vida de Jesus*. Mas vinham também aqueles cartazes coloridos que a gente ficava rondando mas fingindo não ver. Que programaço! dizia o meu irmão de boca aberta diante do retrato dos artistas se atracando no divã. E a tarja vermelha colada em cima, *Impróprio para Menores, Senhoras e Senhoritas*. Só bandalheira! resmungava a Matilde entortando a boca. Nessa ordem, o cinema fazia parte dos dois lados, o que o padre não explicou na sua divisão.

E o Tio Garibaldi? Onde ficava o tio? Apareceu uma noite para perguntar ao pai se o Diabo costumava ler jornal. Não tenho ideia, por que você quer saber? respondeu meu pai. Tio Garibaldi ficou alisando o bigode: Pensei em botar um anúncio, quero vender minha alma. Meu pai levantou-se da rede e foi para a cadeira de balanço: Olha, se o Diabo é assim do jeito como imagino, não vai ser preciso nenhum anúncio porque ele já está sabendo da oferta. Quantos contos de réis você vai pedir em troca? perguntou e o tio fez aquela cara: Quero receber em ouro!

Minha mãe, que estava costurando na sala ao lado, esperou que o tio saísse para aparecer: Meu Deus, mas ele está pior! ela disse entrelaçando as mãos no peito. Então o meu pai levantou-se novamente e com o jornal dobrado afastou a mosca-varejeira que voejava em torno do Mimo, dormindo debaixo do sol. Era o aviso, mudar de lugar queria dizer mudar de assunto: Não, ele não piorou, está igual. Esse é um daqueles seus impulsos mas vai passar. Vai passar, ele repetiu e foi descendo a escada.

O cinema Gato Preto com os morcegos de mentira porque os morcegos de verdade eu conhecia nessa minha infância que não acabava mais, meus irmãos já estavam taludos, internados em colégios na capital e eu ainda pedindo no Natal o *Almanaque do Tico-Tico*. Morcego chupa o sangue e depois assopra a ferida para não doer, Matilde me informou. Dependuravam-se em cachos no teto das casas abandonadas mas acordavam fácil e fugiam voejando e fazendo um som ciciante, assim de quem pede silêncio, sssssss....

Eram cerimoniosos os homens-morcegos da cena muda, poucos gestos, pouca fala. E não avançavam assim despudorados, ao contrário, pareciam querer apenas beijar de leve o pescoço das moças escolhidas. Tanta cerimônia que eu não entendia o que tinha acontecido com a mocinha de olheiras que caía doente logo depois do segundo ou terceiro encontro com o visitante. Nem eu entendia nem o médico da família. E atenção para esse pedaço da maior importância: chegava esse médico na carruagem resfolegante, trazendo a valise preta dos instrumentos cirúrgicos. Subia a longa escada com os familiares em pânico, sentava-se na beirada da cama (perdão, do leito), fazia uma ou duas perguntas discretas, tomava o pulso da jovem e ficava mudo, meditando. Seria então a minha vez de avisar aos gritos (como fazia o meu irmão), Doutor, olhe o pescoço dela! Mas no pescoço já estava a longa echarpe de gaze escondendo os dois furinhos quase do tamanho da cabeça de um alfinete. Esses furos ela também escondia nas noites de festa, quando punha a gargantilha de pérolas e tão inocente ia valsar com o noivo, mas quem podia imaginar que ali debaixo do veludo emperolado?!...

Demorou algum tempo para o clássico conde-morcego evoluir para o vampiro atual, que é jovem e ousado, abrindo furos obscenos no pescoço da amada, o sangue tão vermelho. O olhar também vermelho, nhac!, ele faz depois de deslizar as pontas dos dedos pelos seios da parceira que se nega e se oferece arfante sob o corpete desatado. Chega de espiritualidades, o jogo agora é duro!, ele parece anunciar com a arrogância de um sedutor que atinge e provoca o orgasmo no mais profundo acasalamento, o das veias.

Vampiro é de direita ou de esquerda? alguém pode perguntar. Sem dúvida, um parasita conservador que nunca precisou trabalhar, dono dos castelos eternos. E mesmo que resolvesse se dedicar a algum ofício, como poderia ficar na ativa passando o dia inteiro assim imóvel, fechado no esquife?

Novos tempos, novos costumes envolvendo um vampiro mais humano na sensualidade das roupas amarfanhadas e cabelos despenteados, sem a lustrosa goma platônica. No fundo, ainda um romântico bastante irônico apesar de ostentar o anel de brasão no dedo mínimo — e a tradição das raízes? Atenção para o esquife-leito de madeira nobre, forrado de seda adamascada e onde ele repousa depois da farra, eu disse *farra*? Vá lá, farra combina bem com esse ar degradado de tango argentino, as olheiras esverdeadas. E total ausência de culpa na alta fronte desanuviada. Lisa.

Mudou o conde-morcego mas os velhos rituais, esses resistem intocados: vampiro só entra em sua casa se você abrir a porta. Ou a janela, quer dizer, ele precisa ser convidado. Outro detalhe: não há nenhuma preferência de raça ou de sexo, sangue é sangue! Não esquecer ainda que esse fugitivo que ele persegue na treva — se o fugitivo for astuto, deve levar no bolso sementes de papoula. Que vai deixando cair aos poucos pelo caminho para que o vampiro, que vem vindo atrás, comece a recolher essas sementes, uma por uma, ele não pode seguir adiante porque está de cócoras na sua colheita mágica. Ora, a noite avança implacável, a vítima já vai longe e ele naquela tarefa meticulosa sem poder parar, sem poder parar... E de repente, o sol! Atingido em cheio pelo raio de luz, ele recua crispado e se encolhe ferido e rola em convulsões, descarnado e diminuído até virar aquele punhado de resíduo fumegante. Com o anel de brasão do poder brilhando em meio do pó.

Heffman

Livraria Jaraguá. A famosa livraria e sala de chá que Alfredo Mesquita abriu na Rua Marconi. Na vitrina com alguns objetos de rebuscado bom gosto, expostos só os livros da escolha pessoal do proprietário. Na sala da frente, as prateleiras com obras de autores europeus, na maioria. A grande mesa antiga, com os belos álbuns de arte e o solitário globo terrestre bem no centro. Poucas cadeiras num canto. O estreito corredor dava para a pequena sala com apenas meia dúzia de mesinhas. A porcelana de cor creme, as toalhas engomadas. E o cheiro aconchegante do chocolate quente e das broinhas de fubá, tudo feito em casa, fiquei sabendo. Coisa finíssima, comentei com um colega enquanto trocávamos um sorriso reticente, estava em voga esse sorriso.

Na minha juvenil concepção política havia apenas dois tipos de pessoas, os esquerdistas e os conservadores ou burgueses. Eu era uma esquerdista de coração ardente, mergulhada nas minhas leituras subversivas mas nessa época devia andar meio ressentida. Senão, como explicar o meu fascínio (e desprezo) por aquele grupo de intelectuais, alguns de direita ou de uma esquerda mais refinada, ligada à Faculdade de Filosofia. Hein?! Muitos deles tão pobretões quanto eu mas usavam a mesma linguagem esnobe e discutiam os mesmos livros nesses encontros que prosseguiam às vezes na sala de chá. Com a presença, em certas tardes, de uma mulher muito inteligente e muito inconveniente, a Leonor de Aguiar. Famosa e tão desbocada que fazia o Alfredo Mesquita torcer o nariz quando ela desandava nas suas dissertações sobre essa coisa anti-higiênica que é a virgindade. Ele torcia o nariz e eu me fechava no toalete exatamente como nos dias da meninice, quando fazia cara de dor de barriga e me escondia na casinha para fugir das aulas de matemática.

A livraria. Inesquecível a mesa logo ali na entrada com os livros de arte, os pintores. Os escultores, ah! o meu encantamento diante das ilustrações que ia folheando mas sempre afetando uma certa indiferença. No centro, o sedutor globo de vidro — o mundo em cores com suas terras e mares, iluminado por uma discreta luz interior. E aquelas poucas cadeiras para a pequena roda das conversas pedantes, Proust outra vez?! Aquele Marcel Proust que comecei a ler e achei complicado demais e deixei para ler depois. Nessa época, embora passasse diariamente pela porta da livraria na minha caminhada para o Largo São Francisco (Faculdade de Direito) raramente entrava e quando entrava me arrependia. Me lembro com que empenho tentei naquela tarde desviar o assunto para William Faulkner e Dostoiévski, esses eu conhecia bem. Em vão. Eram os franceses e ingleses que vigoravam na roda, ah! a poesia, o cinema.

O teatro. Pois foi naquela manhã de garoa que Alfredo Mesquita me chamou e fez o convite, estava formando um pequeno grupo de amadores (Grupo de Teatro Experimental) e tinha um papel para mim na peça que escreveu, *Heffman*. Aceita? ele perguntou.

Nunca pensara antes em teatro mas era tão jovem e tudo para mim era novidade com um certo grão de ousadia, de loucura, *Audaces fortuna juvat!* escrevi no final da prova de Direito Romano. A bem da verdade esse inflamado impulso não deu certo, o professor mandou me chamar para perguntar: Mas o que esse provérbio tem a ver com a matéria? A frase estava na *Eneida*, de Virgílio. Por acaso eu sabia disso? ele acrescentou com impaciência diante da minha vaga expressão de desmemoriada, adivinhando a nota baixa que viria e que veio mesmo.

A sorte ajuda os audazes! Nem sempre, lembrei naquela manhã ali parada na porta da livraria. Para ganhar tempo, ainda perguntei a Alfredo Mesquita, Ah, você escreveu uma peça? Na verdade, eu me sentia seduzida, ora, participar de um grupo de amadores dirigido por um homem assim requintado não era uma experiência importante? Contudo, tinha as minhas dúvidas. Fiquei hesitante, Posso dar depois uma resposta? perguntei. Ele me varou com aquele olhar agudamente azul, Qual é o problema, pode dizer! Respirei fundo e achei melhor ser franca: é que toda essa gente de teatro era muito malvista e eu tinha uma carreira. Das letras, é claro. Minha família (só pensava em minha mãe) e os meus amigos iam estranhar. Ou não? Ele teve aquele seu breve risinho cascateante: mas havia no momento algum editor querendo me editar e vacilando? Não, nenhum editor queria editar o livrinho de contos que já estava na gráfica e pago com as minhas economias, eu era funcionária pública. Prejuízo político? Social?... Mas tinha alguém me cortando de algum palanque ou de alguma festa por me ver participar de uma experiência teatral? E de teatro amador, era bom lembrar. Algum namorado ia recuar por causa disso?

Encarei-o. E sem saber por quê, baixei a minha guarda e me entreguei sem defesa, na realidade não era lembrada para nada. Para nada, repeti e desatei a rir porque achei graça nos convites que choviam, isso sim, da Empresa Viggiani para as óperas no Teatro Municipal. Nas noites mais fracas (ameaça de greve geral, chegada de algum rei ou alguma importante partida de futebol) os ingressos eram fartamente distribuídos na Faculdade, lotar as torrinhas. Em algumas ocasiões, descer também para os camarotes vazios, mas atenção! bater palmas com entusiasmo mas sem assobiar. Assisti três vezes à *La Traviata* em plena frisa e tão próxima do palco que na última noite cheguei a ouvir o barulho da frágil cama desabando sob o peso de uma Dama das Camélias gordíssima que exagerou nos acessos de tosse. Alternativas na programação da discreta boemia acadêmica? As noites de recitação e cantoria numa das salas da Faculdade, puxadas pelo carro-chefe de alguma conferência. E mais teatro com Dulcina de Moraes no papel de Cleópatra. Ou Vicente Celestino (que a gente achava mais divertido) na peça *O Ébrio*. Com o ator (voz poderosíssima) anunciando no jornal que o Doutor (vinha um nome pomposo) comunicava aos distintos clientes e amigos que estava fechando o escritório de advocacia para se entregar ao vício da embriaguês. Pois é, os programas. Namorado? Ai! chorei na véspera ao assistir sozinha ao filme *Orgulho e Preconceito* — mas por que tanta intolerância e tanto sofrimento?

    Alfredo Mesquita me tomou pelo braço e fez um comentário bem-humorado sobre aquela rígida Inglaterra com sua aristocracia provinciana, tão bem analisada por Jane Austen. Venha, vou lhe dar o livro, a tradução é razoável, concedeu. Começou a procurar na estante e inesperadamente, sem me encarar, fez a pergunta: Você está se sentindo perseguida, é isso?

    Abotoei a japona no peito e procurei nos bolsos as luvas que tinha perdido na véspera. Com o outono assim gelado o inverno vai ser bravo, eu disse. Ele então me entregou o livro, apertou um pouco os olhos para me ver melhor e pediu que o esperasse um instante, tinha que falar com o caixeiro. Sentei-me e fiquei olhando o globo de vidro. Entrava nessa livraria sempre meio desconfiada mas nessa manhã me senti em segurança. De resto, ainda não tinham chegado os visitantes da tarde.

Heffman, a personagem principal da peça, era um estrangeiro que vinha de longe (Europa) e entrava assim como um facho de luz em meio daqueles jovens desorientados e perplexos, a perplexidade estava dentro e fora do palco. Assumindo a missão de fazer crescer (espécie de fermento, o próprio nome sugeria) aquela massa desencantada, depois de orientar e indicar caminhos, imprevistamente, assim como chegou o misterioso Heffman seguia para outras aventuras, viajante sem bagagem, Adeus, adeus! Antes, deixava-se amar por todos, especialmente pela mocinha, uma pequena estudante sonhadora, desesperada porque vai perdê-lo: *Heffman, não me abandone!* eu teria que dizer na última cena.

Os ensaios noturnos eram na livraria. Ou na própria casa de Alfredo Mesquita, no bairro de Higienópolis, um belo casarão com um jardim e uma lareira onde estavam gravados os versos de Mário de Andrade:

Essa impiedade da paineira consigo mesma,
qualquer vento, vento qualquer...
Os canários cantam que mais cantam.

Achei bonitas as palavras mas não vi sentido nos versos, o que significava aquilo? Alfredo Mesquita, que estava por perto, descobriu minha cara pasmada e veio explicar, eu conhecia a paineira, não? Uma árvore tão forte, tão bem enraizada e apesar disso entregando-se ao vento — a qualquer vento — que vinha e ia arrancando os seus flocos de paina, os sedosos flocos a se perderem no ar. Aparentemente perdidos, e as sementes que eles levavam? Eis que Mário de Andrade comparou o grupo de *Clima* (Antonio Candido, Décio de Almeida Prado, Paulo Emílio Sales Gomes, Ruy Coelho, Lourival Gomes Machado e o próprio Alfredo Mesquita) a essa paineira, impiedosa consigo mesma porque generosa. Amorosa.

— Ah, agora entendi — eu disse e segurei o riso porque me lembrei de Oswald de Andrade quando se referiu ao grupo, Todos muito inteligentes mas muito chatos!

A sopa já estava servida na grande sopeira de porcelana, tão bom quando esses ensaios eram lá no casarão onde vinha uma salva de prata com as douradas balas de ovos embrulhadas em papel transparente.

Tive toda a liberdade para ir levando a minha personagem, isso até aquela noite quando depois do ensaio ele me fez um sinal, queria falar comigo. E em voz baixa quis saber por que eu dizia *Heffman, não me abandone!* assim num tom de quem pede uma laranjada. É preciso botar mais força nessa súplica que deve ser pungente, é o seu amado que está indo embora, você não vai vê-lo nunca mais! Nunca mais!

Baixei a cabeça sentidíssima, na juventude é só sentimento, qualquer censura ou um gesto mais duro e pronto, o olho começa a ficar aguado. Ele então me tomou pelo braço e foi me levando até a sala da frente enquanto o grupo ficou na sala de chá, o ensaio foi na livraria. Abriu uma caixa de caramelos de chocolate e falou com brandura, está claro que eu não podia mesmo interpretar uma cena de separação tão dolorida, afinal, qual era a minha experiência? Por acaso você já disse antes algo assim parecido? Já disse? ele repetiu e me puxou pelo cabelo. Mas não fique desse jeito, vamos, garanto que na próxima vez vai se sair muito melhor.

Tocou o telefone que ficava no pequeno balcão do corredor, ele foi atender. Fiquei só, escutando e tentando reconhecer as vozes que vinham lá do fundo no breve intervalo: esse era o Ruy Mesquita (a mais bela voz do elenco) fazendo rir as irmãs Hipolito, as louras Lalás. Barros Pinto agora zombava de si mesmo, ah! era feio demais para merecer um papel, teria que fazer uma plástica. Fácil identificar esse fragmento de voz com sotaque francês: Jean Meyer era tímido mas vibrava empolgado no papel de Heffman. Que é o próprio Tio Alfredo! Carlão Mesquita já tinha confidenciado com seu ar maroto, Carlão não fazia parte da peça mas aparecia de vez em quando para provocar Marina Freire no papel da tia mandona e rica. Espera, e essa voz forte, bem impostada? Claro, era o Paulo Mendonça consolando a Genoveva de Freitas que não queria que o namorado a visse assim no papel de uma velhota sem graça, ela representava a minha mãe. Nesses fragmentos de conversa alguém deu a notícia, Antonio Candido seria "o ponto" na noite de estreia no Teatro Municipal.

Muito tempo depois eu poderia telefonar para Alfredo Mesquita e anunciar (para fazê-lo rir) que já estava madura para dizer a frase fatal, *Heffman, não me abandone!* Diria ainda que descobri uma certa ligação naqueles versos de Mário de Andrade com a *Ode ao Vento Oeste*, do poeta Shelley: ainda *o vento destruidor e salvador* (na lareira, um *vento qualquer*) levando consigo as *sementes aladas*. Que repousam. Até que venha a primavera para transformá-las em botões.

Mas essa noite do ensaio era aquela noite longínqua: a livraria estava aberta e todos ainda estavam vivos. Tirei da caixa outro caramelo e mastiguei-o com cuidado, grudava nos dentes. As conversas continuavam animadas lá no fundo mas perdi o interesse nelas. Inclinei-me sobre a grande mesa com o globo terrestre, o mundo todo iluminado ali no centro. Dando-lhe um leve impulso eu poderia fazê-lo girar no seu eixo mas agora queria vê-lo assim parado. Abri as mãos para aquecê-las no vidro.

O Cristo
da Bahia

Eu me lembro da igreja de São Francisco resplandecendo como se nela tivessem espargido ouro em pó. Estaria nessa igreja o depósito das velhas imagens onde encontrei Nossa Senhora chorando? Tive vontade de acariciar sua face e reprimi o gesto. Na rua, descendo uma ladeira, passei a mão na cabeça de um jegue que ia em vagarosos zigue-zagues e achei que era o mesmo que levara os fugitivos para o Egito: o pelo áspero, o olhar manso — mas o que é isso? me espantei. Estava entrando novamente na História Sagrada que aprendi no catecismo da infância.

Visitei em seguida uma pequenina igreja meio perdida num bairro afastado e lá conheci um padre velhinho, ele me observava de longe e de repente veio falar comigo, ah! pelo visto eu admirava as imagens primitivas. Os murais coloridos.

— Pena que estão desaparecendo — ele lamentou apontando um mural logo adiante. — Como se não bastasse o tempo que vai destruindo tudo, tem ainda os meus fiéis que não aguentam e raspam com as unhas todo lugar da pintura onde aparece o Diabo. Mas ele está em toda parte! — riu o padre fazendo um gesto que ia muito além da igreja.

Achei graça. Sim, eles são tantos, hein? E voltei-me para o mural que representava o Purgatório com as almas gementes arrebatadas pelos demônios, alguns alados, outros andejos mas a novidade é que nos espaços onde deviam estar esses demônios restaram apenas vagos esboços dos pés de pato ou das asas morcegais por entre as chamas do miolo furiosamente raspado. Com um vasto lenço que tirou do bolso da batina o padre começou a limpar os óculos. Mas já que eu apreciava tanto essas coisas, ele ia mostrar agora a mais bela relíquia da igreja, Venha comigo. Mancando ligeiramente, foi me conduzindo à sacristia que ficava (seguindo a tradição) nos fundos da igreja. Abriu uma grande arca e do meio de vasos, castiçais e panos tirou um crucifixo de marfim. Fiquei muda diante da beleza daquela imagem. O padre me encarou. Tremia de emoção.

— Confesso que também eu nunca vi um trabalho igual. Olha isto, pediu e apontou para os longos filetes vermelhos que escorriam das chagas abertas na fronte, nas mãos, na ilharga e nos pés do Cristo. No fim de cada um daqueles filetes tinha um rubi: a gota do sangue coagulado. Eram tantos e tão puros que se destacavam feito uma luz secreta ardendo na palidez do marfim. Mas a cobiça, ai! tanta cobiça, repetiu o padre baixando a cabeça. Um por um eles foram sendo arrancados, desapareceram todos, ficaram apenas essas marcas nas pedras. As cicatrizes. Estava lá no altar-mor mas achei melhor que ele ficasse aqui, murmurou e o seu gesto depositando a imagem na arca era carinhoso como se aquele fosse o próprio corpo do Cristo. Cobriu-o com a estola de cetim. Um dia, quem sabe? a gente vai recompor esses estragos.

Despedi-me. Ele falou em estragos e não em roubos, pensei. Há de ver que não aceita tamanha ofensa, horrível demais imaginar os dedos crispados feito garras escalavrando as chagas para delas arrancar o sangue cristalizado.

Anoitecia. Fui andando e me lembrando daquela história de Oscar Wilde, *O Príncipe Feliz*. Era preciosa a estátua desse Príncipe com a roupa feita de pequenas folhas de ouro, olhos de safira e espada cravejada de pedras raras. Ficava bem no meio da praça mas a salvo das mãos gananciosas porque fora colocado num pedestal, seria preciso uma longa escada para alcançá-lo. Contudo, lá do alto o olhar azul do Príncipe chegava até os bairros mais longínquos da cidade, os bairros dos miseráveis. Então, o Príncipe Feliz começou a ficar tão triste que acabou por pedir a uma Andorinha amiga que fosse a sua mensageira e levasse a uma pobre costureira com o filhinho muito doente o rubi da sua espada. A Andorinha resistiu à ideia mas o Príncipe começou a insistir tanto, ele mesmo iria se não tivesse os pés presos no pedestal, não podia mover-se. Então a gentil Andorinha arrancou com o bico o rubi e lá foi voando sobre torres e telhados até a casinhola onde deixou a pedra na mesa. Voltou e encontrou o Príncipe cheio de compaixão e já fazendo um novo pedido, agora ele via numa água-furtada um jovem artista quase morrendo de fome e frio. Andorinha, Andorinha, tenho dois olhos de safira, arranca um deles e leva a esse artista para que ele possa terminar a sua obra! A Andorinha amiga (já estava atrasada, devia ter partido com as outras) resistiu o quanto pôde e acabou por ceder, pronto, o artista não ia mais morrer de fome e ela podia partir, o inverno! Ainda não?... Mas o que o Príncipe queria agora? Ele então fez o pedido, que ela levasse a outra safira (o olho que lhe restara) para a menina vendedora de fósforos, ela estava ali mesmo na praça e tão desesperada, os fósforos tinham caído numa valeta e o pai ia espancá-la quando a visse chegar de mãos vazias. A Andorinha mensageira lembrou, assustada, que assim ele ficaria cego! E ela tinha que partir, as andorinhas já estavam longe... E ele suplicando, como poderia ser feliz vendo aquela criança tão desamparada, ah! se a amiga arrancasse com o bico essa última safira e a depositasse na mão da pequena vendedora de fósforos. A Andorinha obedeceu. E foi ficando e foi levando aos poucos o que restara do Príncipe: as pequenas folhas de ouro da sua roupa para deixá-las, uma por uma, nas mãos encardidas dos mendigos. Dos doentes. Até que um dia chegaram as autoridades e ficaram irritadas quando viram a estátua d'O Príncipe Feliz, mas o que significava aquilo? O Príncipe estava despojado e cego. E ainda com um pequeno pássaro morto caído ali aos pés, mas isto lá podia ornamentar uma cidade? Pois que a estátua fosse imediatamente arrancada do seu pedestal e levada para a fundição. Sobrou apenas o coração de bronze que não se derreteu no forno e que foi atirado no lixo juntamente com a andorinha.

Lá do alto do altar o Cristo Crucificado teria visto com seus olhos entreabertos o sofrimento do povo. A seu pedido alguma andorinha (ou algum anjo) foi levando, um por um, aqueles rubis que cintilavam em seu corpo e assim teria sido enxuto o seu sangue.

Dia de
Dizer Não

Esse dia vai ser hoje, resolvi quando acordei: dia de dizer Não! E pensei de repente em Santo Agostinho, *o vera artificiosa apis Dei* — abelha de Deus. Admirada e amada abelha de caráter tão forte que conhecendo o *sim* e o *não* na sua natureza mais profunda cedeu para em seguida resistir, ah! como ele resistiu até se instalar na cidade sonhada. Não! ele disse ao invasor daquele tempo e que devia ser parecido com o invasor atual, esse invasor-cobrador a ocupar um espaço que não lhe pertence.

Falei na Cidade de Deus. E estamos nesta cidade aqui embaixo onde tem invasor de todo tipo, desde os extraterrestres (em geral, mais discretos) até aqueles mais ambíguos: o invasor da vontade. Esse vem mascarado. Aproveitando-se, é claro, do mais comum dos sentimentos, o da culpa. No imenso quadro do *mea culpa*, a postura fácil é a da humildade que quer dizer fragilidade. Isso comove o invasor? Não comove não, ao contrário, ele se sente estimulado a insistir até dobrar a vontade enferma que acaba por ceder fortalecida na crença de que mais adiante pode se libertar. Libertou-se? Não porque o *sim* vai se multiplicando como os elos de uma corrente na qual ele, o *sim*, se enrola, passivo. E acreditando lutar porque não perde a esperança. Mas a esperança é cega e na desatinada cegueira acaba por se transformar na desesperança.

    O próximo que Jesus pediu para amar, eu sei. Mas Ele está vendo como ficou o próximo neste século. E não estou pensando no próximo real (o povo) mas nesse próximo oficial, o político-invasor que nem está se importando realmente quando ouve a recusa: faz uma cara aborrecida mas logo vai tomar chope ou cocaína e esquece. Contudo, mostra-se exigente. E costuma fazer perguntas no tom de quem não aprecia respostas pessimistas, o cobrador é o oposto do negativista. Tudo bem? ele pergunta e o invadido deve responder, Tudo bem! com aquele ar atlético de quem já deu a volta por cima quando na realidade está caído de borco no chão. É o *sim* do comodismo. Da servidão.

    A cega esperança. Com os cegos encarneirados no servilismo que gera a insegurança. O medo. Medo até de sentir medo e daí a fragilizada vontade sonhando com a evasão. Com a fuga. Mas fugir para onde se a Miséria e a Violência (as irmãs gêmeas) estão em toda parte num só galope, montadas nos pálidos cavalos do Apocalipse. Neste ano do dragão (horóscopo chinês) o homem ficou mais cruel ou ele foi sempre desse jeito mesmo?

    Dia de dizer Não. Peço a Deus que aumente a minha fé, peço tão ardentemente, é a depressão? E esta dor não localizável, outra gripe? Por pudor não me jogo no chão nem arranco os cabelos que já estão ralos na cabeça dolorida, mas onde está aquele bom invasor (o extraterrestre) que vai ensinar a desatarraxar a cabeça latejante para dependurá-la com delicadeza no cabide? Dissolvo aspirinas. Uma parte de mim mesma se deita no escuro enquanto a outra parte (estou dividida) me aponta a rua. Porque já tem um cobrador no éter (o telefone) cobrando e interpelando, Por que essa voz? Engulo depressa a saliva e respondo que estou bem. Estou ótima! posso até declarar aos quatro ventos, quais são os quatro ventos? Esqueci. Sei de um único vento que apenas varia de intensidade assim como a Pizza dos Quatro Queijos, atração do restaurante: a gente encomenda e ela vem soltando fumaça, quatro queijos! Na realidade, há um único queijo que vai variando ao capricho dos molhos. A solução é fingir (mentir) que a gente acredita e de mentira em mentira ir regredindo até culminar no triunfo do otimismo só alcançado por aquele filme, lembra? O galã levou uma rajada de metralhadora no peito, a camisa ensopada de sangue (suco de tomate ou calda de chocolate?) e ainda assim consegue chegar rastejante até o policial que faz a clássica pergunta: Tudo bem? E o galã responde, Tudo bem! quando devia gritar, Que merda, eu estou morrendo! Mas nesse pedaço entram os violinos (cinema comercial norte-americano) e o galã fica sentimental porque pensa na amada. Mais violinos. *Horas non numero nisi serenas!* — ele pode citar com a ênfase do relógio no jardim parisiense, *Conto somente as horas felizes!*

Contagem em dólar! sopra o materialista eufórico. Pois é, a ênfase. "As coisas. Que tristes são as coisas consideradas sem ênfase", escreveu o poeta Carlos Drummond de Andrade. Ficam tristes as coisas e a espécie humana, eu acrescento. Com a licença dos ateus eu queria dizer ainda que na ênfase está a alma.

Tive a minha juventude tão impregnada pelo som colonizador que considero um milagre me ver insubmissa nesta altura, tentando desde sempre — ai de mim! — forjar uma vontade com a resistência do ferro.

Manhã de céu claro. Limpo. O motorista do táxi liga o rádio e pergunta se quero escutar esse político falando. Não! respondo. Digo que não gosto de discurso e ele sugere então uma música sertaneja, já estacionou no canal das violas. Desafinadas, descubro e me calo: se essa sua cordialidade não tiver resposta, ele vai se irritar e na irritação pode trombar com o carro da frente, um ônibus que já está invadindo o nosso espaço. Cuidado! eu sussurro e me encolho inteira para não ser arremessada para fora. Num impacto do qual saio, no mínimo, com uma perna quebrada. Tento relaxar enquanto vou brincando (brincando?) com as ideias: imagino uma senhora de perna quebrada e entrando num pronto-socorro público em dia útil. Ou inútil, não importa, sempre há gente demais. Demais! — exclama o médico ao qual me dirijo com delicadeza, na insegurança a voz fica delicadíssima. A senhora teve apenas uma fratura, ele diz. E olha só como está isso! explode e corre em seguida para receber um capacete de motoqueiro com miolos dentro. O policial com o capacete está gaguejando, pois o jovem teve a cabeça prensada contra o poste e na colisão ficaram esses miolos, ele esclarece estendendo o capacete. Recolhi o que pude, esclareceu e apontou para o corredor: O corpo é aquele que está ali... Que estava, porque a padiola já vai sendo rapidamente removida. O policial e o médico, ambos precisam correr atrás dessa padiola. Em vão, porque foram interceptados por outro médico que chega esbaforido e perguntando pelo corpo de outra vítima, outra?! Esse segundo médico aponta para a padiola onde está apenas um braço amputado e meio enrolado numa folha de jornal com respingos de sangue. Pasmo total dos dois médicos e do policial gaguejante. Mas logo aparece um senhor bem barbeado, metido numa elegante malha esportiva. Apresenta-se como testemunha: Este não foi um acidente mas um assalto, ele diz fechando o zíper do blusão azul. Eu vinha fazendo o meu *cooper* quando vi num buraco do asfalto um dedo apontando no meio da lama, tinha chovido, doutor. E o bueiro entupiu, o senhor sabe, estão sempre entupidos. E o braço decepado pelo elemento foi cair justo nesse buraco, o susto que levei! O segundo médico (o primeiro já tinha desaparecido com o policial) inclinou-se para ver melhor o braço com placas de lama e sangue. E ainda com uns restos do tecido da camiseta cavadona, o calor. A testemunha abre o zíper do blusão e prossegue: A vítima vinha guiando o seu Gol último tipo quando fechou o sinal e lá veio o elemento com o revólver que falhou. A vítima então abriu o vidro da janela e abriu os braços, a recomendação é essa, a vítima não deve jamais reagir, ao contrário, deve demonstrar afeto. Infelizmente o elemento não entendeu e puxou a peixeira, tinha falhado o revólver, já dei esse detalhe. E todo mundo que ia passando por perto e fazendo que não estava nem aí, todo mundo vendo e disfarçando enquanto o elemento continuou completando o seu serviço! arrematou a testemunha apontando para a padiola. Puxou o maço de cigarro do bolso do blusão e interrompeu o gesto quando leu o aviso, *É proibido fumar*. O médico inclinou-se atento até à padiola, Mas o corpo? Onde está esse corpo? A testemunha empertigou-se: Também não sei, doutor! Suponho que o corpo veio na frente, está por aí, disse e apontou vagamente para o corredor atulhado de padiolas e camas improvisadas. Só encontrei esse braço que esqueceram no local, conforme já disse. O resto mesmo eu não sei onde foi parar, isso daí eu não sei. O médico tirou uma pinça do bolso do avental e futucou o corte sob a crosta de sangue: Um trabalho perfeito, disse.

 Recolho as pernas para bem junto do banco e olho aflita para o motorista que está atendendo a um chamado no seu celular, dirige apenas com a mão esquerda. Enfim, o ônibus ameaçador já desapareceu no tumulto. Consigo moderar a respiração. A charanga das violas segue livre no rádio e agora o motorista guia com ambas as mãos, depositou o celular ao lado. Abro uma nesga no vidro da janela e onde o vendedor já introduziu uma caixinha, Morangos, dona? Digo Não e vou repetindo o Não ao vendedor que oferece panos de limpeza e ao outro que oferece chicletes, vassouras... A miséria trabalhando, penso e digo um Não mais brando ao moço que oferece uma cestinha de violetas. Aproxima-se um pequeno cacho de mendigos. Fecho depressa o vidro e no espelhinho vejo a cara congestionada do motorista que me lança um olhar agressivo, Está quente, não?

Na avenida ensolarada, a miséria (aquela galopante) me pareceu mais calma. Ainda assim, presente. Abri o vidro da janela esquerda quando o sinal fechou lá no cruzamento. Abre logo! fiquei desejando. Mas esse era um farol distraído, tão distraído que deu tempo para o menino vendedor de bilhetes de loteria vir vindo capengando: equilibrava-se nas muletas debaixo dos braços ossudos e ainda assim avançava rapidamente, esgueirando-se ágil por entre as filas de carros. Mesmo lá longe devia ter visto a janela aberta e agora chegava triunfante. Pronto, conseguiu, pensei recuando enquanto a mão magra entrava pela abertura, não vendia bilhetes mas papel de cartas.

— Cartas perfumadas! — anunciou com voz estridente ao abrir o leque colorido de envelopes. — Mande uma carta perfumada, olha só, esta tem perfume de rosa! Esta daqui é de jasmim, coisa linda!

Escorreguei para o canto oposto do carro e ele insistindo a sacudir o arco-íris de papel. Senti o perfume adocicado e voltei o olhar ansioso para o farol vermelho, tão vermelho! mas não vai abrir?! E o menino magrela e dentuço falando sem parar, Carta azul é para amigo mesmo, mas esta daqui cor-de--rosa, está vendo? esta é carta de amor! Esta daqui branca é de amor que acabou mas esta roxa é a carta da saudade, a saudade é roxa, leva tudo e faço um preço especial!

Fixei o olhar nas suas duas muletas, uma de cada lado a sustentar o tronco ossudo e saltado sob a camiseta de propaganda política. Então me lembrei de minha mãe lá no seu jardim, as mãos sujas de terra tentando segurar com duas estacas a planta emurchecida, vergada para o chão.

— Não tenho a quem escrever.

O menino riu a sacudir o maçarote.

— Mas nenhum namorado, uai!

O motorista achou graça e sacudiu os ombros num risinho de cumplicidade, O perfume é bom! aprovou em voz baixa. Voltei-me para o sinal, mas não vai abrir nunca mais? E aquela intimidade que de repente se armou ali dentro, a música sertaneja no auge das violas e o menino também no auge do entusiasmo, a sacudir as cartas:

— Escuta só isso, o namorado pode estar longe mas vai voltar correndo se receber esta carta verde que é do perdão. Puro cravo!

— Abriu! O sinal abriu — anunciei ao motorista distraído, todo voltado como um girassol para o vendedor.

Ele retomou a direção. Eu disse o Não definitivo e as filas dos carros recomeçaram a avançar furiosamente. A mão alada fugiu feito um pássaro pela fresta do vidro. Vi ainda a silhueta magrela esgueirar-se capengando entre as muletas e desaparecer atrás de um jipe.

— Fica para outra vez — eu disse fechando a janela.

— O perfume era bom! — resmungou o motorista.

Ele estaria me censurando ou a censura estava apenas em mim? Fui cumprindo as tarefas da rotina: uma passagem pelo banco que achei diferente, mas onde está aquele antigo clima de amenidades, de confiança? Tantos homens armados. As caras severas — mas este banco virou um quartel? Ouço sem emoção as ofertas de valiosos planos que o gerente oferece e aos quais vou educadamente recusando, Não, não... Parto em seguida para o corredor tumultuado dos Correios e Telégrafos. A fila é bastante longa e então tenho tempo para ouvir os apelos, esta mulher com uma criança quer dinheiro para comprar os remédios, o homem desdentado pede uma passagem para voltar ao Nordeste, o moço com chapéu de vaqueiro quer que eu participe de um sorteio fantástico, posso ganhar um carro importado! Não, Não... vou repetindo e no cansaço faço agora apenas um gesto meio vago para o mendigo que me aborda na calçada e que fixa em mim um olhar interpelativo, Mas o que a senhora tem dentro do peito? Uma pedra?

— Podemos ir! — eu disse ao motorista que me aguardava no táxi. Ele tinha desligado o rádio e examinava um folheto. A cara fechada.

— Onde agora?

Fiquei muda ao sentir que meu semblante tinha descaído como os semblantes bíblicos nas horas das danações. Baixei a cabeça e pensei ainda em Santo Agostinho, "a abelha de Deus fabricando o mel que destila a misericórdia e a verdade". Afinal, o dia de dizer Não estava mesmo cortado pelo meio porque na outra face da medalha estava o Sim. A vontade podia servir tanto de um lado como do outro, o importante era escolher o lado verdadeiro e para isso seguir a inspiração da razão. Ou do coração? Ora, liberdade nessa inspiração, toda a liberdade para não me sentir como estava me sentindo agora, uma esponja de fel. A ênfase da inspiração! decidi e levantei a cabeça no susto da revelação: o menino das muletas! Era nele que pensava (e não pensava) o tempo todo.

— Por favor, vamos voltar para o mesmo caminho! — pedi ao motorista. — Quero comprar as cartas daquele menino, vou comprar todas! — anunciei e ouvi minha voz com alegria.

Ele voltou a ligar o rádio. Deu a partida:

— O perfume era bom.

Lá estava o cruzamento da avenida e com o mesmo farol vermelho acendendo glorioso. Abri rapidamente o vidro da janela, Que sorte! E procurei ansiosamente, Mas não era por aqui que ele estava? O motorista saiu do carro para ajudar na busca, olhou para um lado, para o outro, gesticulou. Fez perguntas, E aquele moleque das muletas?...

Abri a porta e perguntei ao jornaleiro, Onde está o vendedor das cartas, você conhece? Então, aquele... ah! onde a mão ossuda sacudindo o jardim do arco-íris, onde?! Vi o vendedor de figos e vi a menina dos caramelos. Fui olhar da outra janela e dei com o jovem dos potes de flores.

— Um menino de muletas vendendo cartas! — perguntei e as pessoas tentando vagamente ajudar, Cartas?...

O motorista voltou para a direção, lá adiante o farol já estava verde.

— Mas onde esse moleque foi parar?

Vi ainda o jornaleiro e o camelô dos relógios, vi a mocinha distribuindo anúncios de imóveis, e o vendedor das cartas perfumadas, esse eu não vi mais.

O Menino
e o Velho

Quando entrei no pequeno restaurante da praia os dois já estavam sentados, o velho e o menino. Manhã de um azul flamante. Fiquei olhando o mar que não via há algum tempo e era o mesmo mar de antes, um mar que se repetia e era irrepetível. Misterioso e sem mistério nas ondas estourando naquelas espumas flutuantes (bom dia, Castro Alves!) tão efêmeras e eternas, nascendo e morrendo ali na areia. O garçom, um simpático alemão corado, me reconheceu logo. Franz? — eu perguntei e ele fez uma continência, baixou a bandeja e deixou na minha frente o copo de chope. Pedi um sanduíche. Pão preto? ele lembrou e foi em seguida até a mesa do velho que pediu outra garrafa de água de Vichy.

Fixei o olhar na mesa ocupada pelos dois, agora o velho dizia alguma coisa que fez o menino rir, um avô com o neto. E não era um avô com o neto, tão nítidas as tais diferenças de classe no contraste entre o homem vestido com simplicidade mas num estilo rebuscado e o menino encardido, um moleque de alguma escola pobre, a mochila de livros toda esbagaçada no espaldar da cadeira. Deixei baixar a espuma do chope mas não olhava o copo, com o olhar suplente (sem direção e direcionado) olhava o menino que mostrava ao velho as pontas dos dedos sujas de tinta, treze, catorze anos? O velho espigado alisou a cabeleira branca em desordem (o vento) e mergulhou a ponta do guardanapo de papel no copo d'água. Passou o guardanapo para o menino que limpou impaciente as pontas dos dedos e logo desistiu da limpeza porque o suntuoso sorvete coroado de creme e pedaços de frutas cristalizadas já estava derretendo na taça. Mergulhou a colher no sorvete. A boca pequena tinha o lábio superior curto deixando aparecer os dois dentes da frente mais salientes do que os outros e com isso a expressão adquiria uma graça meio zombeteira. Os olhos oblíquos sorriam acompanhando a boca mas o anguloso rostinho guardava a palidez da fome. O velho apertava os olhos para ver melhor e seu olhar era demorado enquanto ia acendendo o cachimbo com gestos vagarosos, compondo todo um ritual de elegância. Deixou o cachimbo no canto da boca e consertou o colarinho da camisa branca que aparecia sob o decote do suéter verde-claro, devia estar sentindo calor mas não tirou o suéter, apenas desabotoou o colarinho. Na aparência, tudo normal: ainda com os resíduos da antiga beleza o avô foi buscar o neto na saída da escola e agora faziam um lanche, gazeteavam? Mas o avô não era o avô. Achei-o parecido com o artista inglês que vi num filme, um velho assim esguio e bem cuidado, fumando o seu cachimbo. Não era um filme de terror mas o cenário noturno tinha qualquer coisa de sinistro com seu castelo descabelado. A lareira acesa. As tapeçarias. E a longa escada com os retratos dos antepassados subindo (ou descendo) aqueles degraus que rangiam sob o gasto tapete vermelho.

    Cortei pelo meio o sanduíche grande demais e polvilhei o pão com sal. Não estava olhando mas percebia que os dois agora conversavam em voz baixa, a taça de sorvete esvaziada, o cachimbo apagado e a voz apagada do velho no mesmo tom caviloso dos carunchos cavando (roque-roque) as suas galerias. Acabei de esvaziar o copo e chamei o Franz. Quando passei pela mesa os dois ainda conversavam em voz baixa — foi impressão minha ou o velho evitou o meu olhar? O menino do labiozinho curto (as pontas dos dedos ainda sujas de tinta) olhou-me com essa vaga curiosidade que têm as crianças diante dos adultos, esboçou um sorriso e concentrou-se de novo no velho. O garçom alemão acompanhou-me afável até a porta, o restaurante ainda estava vazio. Quase me lembrei agora, eu disse. Do nome do artista, esse senhor é muito parecido com o artista de um filme que vi na televisão. Franz sacudiu a cabeça com ar grave: Homem muito bom! Cheguei a dizer que não gostava dele ou só pensei em dizer? Atravessei a avenida e fui ao calçadão para ficar junto do mar.

Voltei ao restaurante com um amigo (duas ou três semanas depois) e na mesma mesa, o velho e o menino. Entardecia. Ao cruzar com ambos, bastou um rápido olhar para ver a transformação do menino com sua nova roupa e novo corte de cabelo. Comia com voracidade (as mãos limpas) um prato de batatas fritas. E o velho com sua cara atenta e terna, o cachimbo, a garrafa de água e um prato de massa ainda intocado. Vestia um blazer preto e malha de seda branca, gola alta.

Puxei a cadeira para assim ficar de costas para os dois, entretida com a conversa sobre cinema, o meu amigo era cineasta. Quando saímos a mesa já estava desocupada. Vi a nova mochila de lona e alças de couro, dependurada na cadeira. Ele esqueceu, eu disse e apontei a mochila para o Franz que passou por mim afobado, o restaurante encheu de repente. Na porta, enquanto me despedia do meu amigo, vi o menino chegar correndo para pegar a mochila. Reconheceu-me e justificou-se (os olhos oblíquos riam mais do que a boca), Droga! Acho que não esqueço a cabeça porque está grudada.

Pressenti o velho esperando um pouco adiante no meio da calçada e tomei a direção oposta. O mar e o céu formavam agora uma única mancha azul-escura na luz turva que ia dissolvendo os contornos. Quase noite. Fui andando e pensando no filme inglês com os grandes candelabros e um certo palor vindo das telas dos retratos ao longo da escadaria. Na cabeceira da mesa, o velho de chambre de cetim escuro com o perfil esfumaçado. Nítido, o menino e sua metamorfose mas persistindo a palidez. E a graça do olhar que ria com o labiozinho curto.

No fim do ano, ao passar pelo pequeno restaurante resolvi entrar mas antes olhei através da janela, não queria encontrar o velho e o menino, não me apetecia vê-los, era isso, questão de apetite. A mesa estava com um casal de jovens. Entrei e Franz veio todo contente, estranhou a minha ausência (sempre estranhava) e indicou-me a única mesa desocupada. Hora do almoço. Colocou na minha frente o copo de chope, o cardápio aberto e de repente fechou-se sua cara num sobressalto. Inclinou-se, a voz quase sussurrante, os olhos arregalados. Ficou passando e repassando o guardanapo no mármore limpo da mesa, A senhora se lembra? Aquele senhor com o menino que ficava ali adiante, disse e indicou com a cabeça a mesa agora ocupada pelos jovens. Ich! foi uma coisa horrível! Tão horrível, aquele menininho, lembra? Pois ele enforcou o pobre do velho com uma cordinha de náilon, roubou o que pôde e deu no pé! Um homem tão bom! Foi encontrado pelo motorista na segunda-feira e o crime foi no sábado. Estava nu, o corpo todo judiado e a cordinha no pescoço, a senhora não viu no jornal?! Ele morava num apartamento aqui perto, a polícia veio perguntar mas o que a gente sabe? A gente não sabe de nada! O pior é que não vão pegar o garoto, ich! Ele é igual a esses bichinhos que a gente vê na areia e que logo afundam e ninguém encontra mais. Nem com escavadeira a gente não encontra não. Já vou, já vou! ele avisou em voz alta, acenando com o guardanapo para a mesa perto da porta e que chamava fazendo tilintar os talheres. Ninguém mais tem paciência, já vou!...

Olhei para fora. Enquadrado pela janela, o mar pesado, cor de chumbo, rugia rancoroso. Fui examinando o cardápio, não, nem peixe nem carne. Uma salada? Fiquei olhando a espuma branca do chope ir baixando no copo.

Que Número
Faz Favor?

Afinal, armou-se a mesa em torno do emaranhado novelo que é o nosso país, mas qual foi o gatinho que tirou esse novelo do cestinho da vovó e rolou com ele pelo tapete? Quando chegou a minha vez de falar, comecei pelo Eclesiastes: *Ai de ti, ó Terra, quando o teu rei é uma criança e quando os teus príncipes se banqueteiam desde o amanhecer!* Lembrei ainda que desde os tempos coloniais nunca fomos tão colonizados como nesta virada do século com os nossos milhões de analfabetos rodopiando com outros milhões em estado de pura pobreza. Às vezes, o impulso saudável de ficar contemplando as nuvens também sem destino, mesmo quando conspiram não dura muito essa conspiração porque vem o vento e pronto, elas partem desgarradas.

    A jovem aluna sentada na primeira fila bocejou fechando os olhos. Tomei um gole d'água. Nove horas da noite, a menina devia trabalhar durante o dia e agora estava despencando de cansaço, melhor entrar num tema mais leve, a nossa língua? Ah, esta língua portuguesa com o estilo ou modo brasileiro, língua que na opinião do nosso poeta, era *esplendor e sepultura*, por acaso alguém sabia que poeta era esse? A jovem do bocejo levantou a mão, Olavo Bilac?

Emudeci, milagre! Acertou, eu disse e ainda acrescentei que esse mesmo poeta fez no verso seguinte uma bela declaração à língua, *Amo-te assim, desconhecida e obscura.*

Um estudante de colete de couro verde quis saber o nome daquele antigo poeta que se lamentava tanto lá no exílio, ah! como ele se lamentava. Ora, na dor do exílio choraram tantos, ele estaria pensando em Gonçalves Dias? O jovem levantou-se entusiasmado: Esse daí, Gonçalves Dias!

Lembrei como devia ser dura a vida desse poeta mestiço e pobre naquela Coimbra de 1843. E não era um choramingas, sua poesia indianista era pungente mas forte, tanta saudade do nosso sabiá cantando na palmeira. *Nosso céu tem mais estrelas!*, citou o jovem com entusiasmo e em seguida quis saber se por acaso havia por aqui mais estrelas do que nos outros espaços. Ora, de astros eu entendia pouco mas lembrei que ele era um poeta romântico e os românticos são exagerados.

Houve mais três intervenções, falaram dois professores e o nosso encontro chegou ao fim. Na sala ao lado, o café com biscoitos e refrescos. O jovem do colete de couro verde veio conversar comigo, mas por que os antigos (ele quis dizer os velhos) falam sempre num tom assim tão sombrio? Afinal, aquela mesa — tirante a minha participação, apressou-se em acrescentar — resultou num sombrio encontro de lobos tão tristes uivando para a lua, Uhuuuuuuu!... gemeu meneando a cabeça voltada para o teto. Sorriu e roeu um biscoito.

— Vou estudar em Roma — acrescentou. — Mas não vou esquecer nem a minha língua nem a minha pátria. Claro que lá também estão os políticos e os banqueiros na vergonhosa liderança mas fazer o quê? A solução é continuar boiando assim na correnteza feito um jacaré. Exilado, sim, mas com bom humor enfrentar o milênio!

Aceitei a xícara de café que me ofereceu. Lá na sala eu tinha dito que a minha geração lutou bravamente em busca de um sentido até descobrirmos que fomos enganados. E vocês também estão sendo enganados! pensei, mas fiquei calada.

— A travessia na superfície? — Eu perguntei em voz baixa porque me lembrei daquela doce tia-avó me aconselhando numa carta, Minha querida, não queira ser a palmatória do mundo, já viu uma palmatória? É uma pequena peça de madeira redonda e com um cabo, no castigo a criança tinha que estender a palma da mão e o professor ia batendo com força, plaque, plaque! até a mão quase sangrar de tão vermelha.

Baixei a cabeça. A palmatória lá por dentro não foi na minha infância feliz mas sim na juventude tempestuosa e sombria. O importante agora era não passar para o meu próximo essa experiência negativa, nunca a fria lucidez da desilusão mas a cálida ilusão do sonho. O jovem jacaré do colete verde pediu licença e se afastou um pouco enquanto tirava o celular do bolso. Levou-o ao ouvido, Que número faz favor?

Tive vontade de rir porque de repente entrei nessa infância lá em Sertãozinho com a declamadora gorduxa e loura recitando o poema do telefone, *Que número faz favor?*

Tempo das ligações feitas através da telefonista e daí o poema com a declamadora levando a mãozinha em concha ao ouvido na clássica pergunta com voz delicada, Que número faz favor? E o Poeta respondendo com a voz grossa (mudança da voz e da mãozinha) porque ele pedia para falar com a *Casa da Alegria/ É preciso que eu cante/ É preciso que eu ria/ Ainda que sinta o coração sangrar no peito!* Mudança rápida da mãozinha e da voz profissional avisando, *Senhor, o telefone da alegria?/ Com defeito!*

Acendi um cigarro. Ali estava o jacaré do colete verde tentando sua ligação e eu ligada à declamadora do vestido de veludo vermelho que respondia ao poeta aflito, ele queria agora falar com a *Mulher Amada!* Mudança da voz e da mãozinha, *Senhor, está me ouvindo?/ A linha está ocupada!*

O poema chegava ao fim com a soluçante voz do Poeta pedindo outra ligação, qual?! Procurei o cinzeiro para apagar o cigarro e a memória falhando justamente nesse fim e então?... Encarei meio atônita o jovem que já guardava o celular e no gesto quase derrubou a garrafa térmica na bandeja.

— Meu colega está com o carro, podemos levá-la. A senhora mora onde?

Cheguei a recuar em meio ao espanto, ah! era esse o final com a voz fininha da telefonista no último verso, *Mas o senhor quer que eu ligue para onde?/ Dona Felicidade? Não responde.*

Respirei fundo e tão aliviada que me senti como os santos em estado de levitação. Abracei o jovem, o meu jacaré feliz.

— Tenho condução, pode ir! E boa viagem!

Ele afastou-se e desapareceu na vaga turbulenta das cabeças descendo a escada. O inesperado encaixe daquela última peça do mosaico poético completou o quadro que ficou perfeito. Quem sabe os meus outros mosaicos que continuavam incompletos, hein?! E se também de repente as peças se encaixassem no mistério do acaso? Quais eram os filósofos que davam tanta importância ao acaso?

Fiz um gesto de despedida que ninguém notou e fui me afastando sem pressa, a deslizar também na superfície.

Rua Sabará, 400

A empregada era a Alina, uma bonita crioula que sempre dava um jeito de arrumar uma festa. Nessa noite (Baile da Primavera) o vestido de cetim rosa-choque já estava estendido em cima da cama, tinha agora que sair galopando para fazer o penteado e comprar os brincos. Antes, renovou o leite na tigela dos gatos:

— Não sei por que fui inventar esse baile! — gemeu abrindo os braços, ela gostava de se queixar.

Quando entrei na cozinha para preparar o lanche, apareceu Paulo Emílio e pediu um café, Ô! que vontade de um café. Sentou-se e deixou na mesa o livro que estava lendo, *O assassinato de Trotsky*, a página marcada com um filete de papel. Eu me lembro, pensei em ver o nome do autor mas a água já estava fervendo, deixei para depois e nunca mais.

Escrevíamos então, Paulo e eu, um roteiro para cinema, *Capitu*, baseado no romance *Dom Casmurro*, de Machado de Assis. A encomenda era do diretor Paulo Cezar Saraceni, amigo e colaborador muito querido e que o Paulo Emílio apelidou de Capitu porque às vezes ele tinha aquele mesmo olhar fugidio da moça, eram olhos verdes ou azuis? Olhos de ressaca de um mar voraz que vem e arrasta tudo para o fundo.

Paulo Cezar achou graça no apelido? Penso que sim, principalmente quando Alina abria a porta e vinha anunciar, Chegou o sêo Capitu.

Dar apelidos era um costume de Paulo Emílio, a começar pelo Pum-Gati, um gatinho mijado que meu filho achou na rua. Veio com disenteria e por isso ficou sendo o Pum mas assim que sarou, devido às corridas derrapantes que dava no assoalho do apartamento, virou o Pum-Gati, homenagem ao carro Bugatti de tantos brilhos passados. Uma gatinha infanta nos chegou em seguida e ficou sendo a Pum-Gata. Venha ver o Pum-Gati competindo com a Punga! o Paulo chamava e ria da rodopiante parelha em preto e branco nas tábuas enceradas do corredor. Eu mesma não escapei e virei Kuko (a letra *K* era uma cortesia) devido ao fato de me atrasar nos compromissos, bem no estilo do cuco do relógio da avó inglesa, ele falava muito nessa avó do relógio com o tal cuco desatento. Nosso amigo Almeida Salles (presidente da Cinemateca Brasileira e de tantas outras coisas, eleito presidente até de um bar!) naturalmente era o Presidente e o meu filho (Goffredo Telles Neto, ainda adolescente) ficou sendo o Jovem.

Fiz o café à moda antiga, com o pó fervido na caneca e o tradicional coador de pano esperando no bule escaldado. Ele recebeu a xícara com entusiasmo.

— Acho melhor guardarmos uma certa distância do Bentinho e dessa Capitu — ele advertiu muito sério. — Houve traição? Não houve traição? A gente não vai tomar partido, quero dizer, não assim de modo que transpareça no roteiro, não somos juízes.

Fui buscar um cinzeiro e sentei-me ao seu lado.

— Que coisa extraordinária, Paulo, eu estava pensando justamente no Bentinho. Como adivinhou?

— Ah, pela sua expressão — ele disse e sorriu com malícia. — Há pouco você me olhou com aquela mesma cara interrogativa do Bentinho, acho que vou começar a te chamar de Kuko-Bentinho.

Achei uma certa graça (não muita) no novo apelido acoplado ao primeiro e até aí nenhuma novidade, eu estava mesmo do lado do Bentinho, ele teria se encarnado em mim? No fundo, aquela velha história da ficção (quando assim tão forte) começar a se emaranhar na vida real num emaranhado que podia ser excitante, até divertido. Mas nesse caso, bastante perigoso, tantas dúvidas! Tirei depressa a gatinha de cima da mesa onde ela passeava a sua curiosidade e tentei o tom imparcial. Comecei por dizer que gostaria de esclarecer umas coisas, que coisas?

— Bom, quando li o livro pela primeira vez eu era uma estudante e desse Bentinho me lembro que ficou uma impressão negativa, ai! aquele marido encegado pelo ciúme, azucrinando a pobre da moça naquele movimento assim cruel de parafuso, zuc... zuc... A Capitu, pobrezinha, uma vítima do sadomasoquista atormentador e atormentado, zuc... zuc... E agora, tanto tempo depois, está me ouvindo? descobri de repente uma outra Capitu e essa foi uma revelação: a moça era mesmo dissimulada e astuta, não vítima mas uma manipuladora esperta. Calculista. Amante, sim, do Escobar com quem teve um filho que saiu a cara dele!

Paulo Emílio estava gostando da conversa. Serviu-se de mais café.

— E então, Kuko-Bentinho?

— Então fiquei envolvida, resistir, quem há de?... Mas nessa embrulhada toda, apareceu um dado novo, é um detalhe, um miserável detalhe mas tão importante que acabou mudando tudo.

— Outra vez? — espantou-se Paulo Emílio.

— Outra vez — confirmei com ar grave.

Ele riu. Mas logo ficou sério ao fazer o gesto que eu costumava fazer, uma reminiscência das partidas de vôlei, quando as jogadoras, meio confundidas na quadra, pediam Tempo armando um T com ambas as mãos. Estava muito interessado nessa novidade mas antes queria pesquisar a geladeira, ah! como esse assunto abria o apetite. Espera aí, ele pediu: Que tal uns ovos mexidos nem muito moles nem muito duros, hein? Bastante cheiro verde, pouco sal. Temos que nos fortalecer, Kuko! avisou e trouxe do armário a cesta do pão e uma garrafa de vinho tinto. Deixou a garrafa no fogão, perto da chaleira de água quente, a noite estava fria, era bom aquecer um pouco o vinho. Sentou-se, acomodou o Pum-Gati no colo e abriu o vidro de azeitonas.

— O que você descobriu, Kuko, conta!

Comecei a quebrar os ovos.

— É apenas um detalhe que me caiu assim como uma bomba! Já vou contar, espera, deixa eu diminuir aqui esta chama...

Paulo Emílio começou a cortar o pão.

— Quando jovem, também eu embirrei com aquele Bentinho — ele disse e pegou o saca-rolhas. — Sempre mordido pelos tais dentes do ciúme, lembra? O romance também fala na má terra da verdade que estava era dentro dele mesmo, alimentando suas entortadas raízes. Cheguei à mesma conclusão, Capitu era uma coitadinha que vivia tremendo de medo, é lógico, conhecia de sobra o mecanismo do marido em crise permanente. Para piorar tudo, o chato daquele filho andando feito o Escobar, parecido com o Escobar... Bizarro! — exclamou Paulo Emílio afastando um pouco o Pum-Gati para poder abrir a garrafa. — Mas essas semelhanças não provam nada, conheci no ginásio um menino que era a minha cara! Tirante minha vesguice, podia ser meu irmão gêmeo, as coincidências. Bom, suspendi o juízo desta vez enquanto você virou o Kuko-Bentinho. E apareceu esse detalhe, mudou de novo? *Fragilidade, teu nome é mulher!*, citou eufórico enquanto levantava o copo para ver o vermelho do vinho contra a luz. Bebeu devagar. Hum!... é da melhor safra. Prova, Kuko, prova!

Instalado no colo de Paulo, de repente o Pum-Gati esticou o pescoço, avançou a pata na curvatura de uma concha e conseguiu abocanhar um naco do mexido de ovos. Que achou quente demais porque depressa largou o bocado na beirada da mesa e me enfrentou com olhar acusador, Queimei a boca, viu?!

Nesse instante a gatinha atravessou na minha frente, tive que me apoiar na cadeira para não pisar nela, Desvia, Punga! eu pedi e ela foi saindo com soberba, o rabo erguido. Desatei a rir, ah! o mesmo verde nos olhos da Capitu, dos gatos, do Paulo Emílio e até da azeitona que ele começou a mordiscar.

— Mas fala, Kuko, e o detalhe? Capitu ficou de novo inocente, é isso?

Mastigando o bocado que deixou esfriar, Pum-Gati levantava o corpo para dar uma nova patada nos ovos com seu esmerado estilo de jogador de golfe. Agarrei-o em plena ação, enlacei a Pum-Gata que já ia saltando na mesa e levei ambos para a sala. Fechei a porta.

— Vou escrever um livro que vai se chamar *Os Gatos!* — avisei e bebi para brindar a ideia.

— Estes ovos e este vinho! — disse o Paulo voltando a encher os nossos copos. — E daí, Kuko? Esse detalhe que mudou tudo?!...

Ouvi a voz de Alina conversando animadamente com a amiga na área de serviço, deviam estar saindo. Sem abrir a porta ela quis saber, Vocês querem alguma coisa? Levantei a voz para que me escutasse, Tudo bem, Alina, boa festa! Saíram com alvoroço e fez-se o silêncio na área enquanto na sala os gatos começaram a miar. Passei devagar o miolo de pão no fundo do prato e comecei meu pequeno discurso lembrando a noite em que Bentinho (Dom Casmurro maduro) recebe a notícia da morte do filho em terras distantes. E o nosso Bentinho, o que faz em seguida? Calmamente confessa que apesar de tudo jantou bem e foi ao teatro. Mas isso justo na noite em que ficou sabendo da morte desse moço? O homem é um monstro!

Paulo Emílio riu.

— Mas você se esqueceu, Kuko? Ele nunca perdoou aqueles dois, a primeira namorada e o primeiro amigo que ele amou tanto, lembra? E que se juntaram para a traição. Ora, se o moço era o filho deles, dane-se! deve ter pensado. Dane-se!

— Disso eu sei, embora já velhote o Bentinho continuava emputecido — (corrigi depressa) enfurecido, ah, ele morreu? E eu com isso? E foi jantar com apetite e se divertir. Mas espera, querido, esse rapaz que tinha acabado de morrer por acaso não era aquela encantadora criança que se sentava em seus joelhos e o chamava de pai com o mais ardente amor? A paixão que o garoto tinha por ele! Tantas lembranças desse tempo inocente, quer dizer que tudo isso desapareceu?! A pele desse Dom Casmurro ficou assim tão impermeável? Ah, esse cara sempre foi um neurótico. Se ao menos nessa noite tivesse apenas jantado, vá lá! mas jantar bem e depois ir pandegar? Comportamento de um perfeito psicopata.

— Mas ele não foi pandegar, foi ao teatro e teatro é coisa séria — disse Paulo Emílio me tomando pelo ombro. — Quer dizer que com isso a Capitu ficou de novo aquela santa da sua primeira leitura?

— Ficou.

— Então não leia mais o livro porque essas descobertas não vão acabar nunca — ele suspirou arrolhando a garrafa.

Os miados dos gatos subiam agora lancinantes. Fomos para a sala. Ele acendeu o abajur e ligou o toca-discos, Mozart? perguntou enquanto tirava o disco do envelope. Sentou-se na poltrona, acomodou Pum-Gati no colo mas de modo a não fechá-lo no seu espaço, Pung gostava de se sentir livre. Pegou o livro que estava lendo e baixou os óculos para me ver melhor.

— Tudo bem, Kuko, mas não vamos descartar a hipótese da traição.

Meu filho entrou, foi ao quarto e voltou com um pulôver nos ombros e com um caderno.

— Vai sair, Jovem? — Paulo Emílio perguntou.

— Vou estudar com um colega, tenho prova amanhã.

Acenou, pegou a chave em cima da mesa. Ouvi a porta se fechar. Paulo então puxou o abajur para mais perto e começou a ler. Abri a janela.

— Mas o céu está desabando de estrelas! — eu disse baixinho.

Como se tivesse me entendido, a Pum-Gata aproximou-se com um miado amoroso, subiu no espaldar da poltrona verde e esfregou a cabeça acariciante no meu braço. Em seguida, com seu ar bem-comportado ela sentou-se no topo da almofada e ficou olhando a noite.

A Chave
na Porta

A chuva fina. E os carros na furiosa descida pela ladeira, nenhum táxi? A noite tão escura. E aquela árvore solitária lá no fim da rua podia me abrigar debaixo da folhagem, mas onde a folhagem? Assim na distância era visível apenas o tronco com os fios das pequeninas luzes acesas, subindo em espiral na decoração natalina. Uma decoração meio sinistra, pensei. E descobri, essa visão lembrava uma chapa radiográfica revelando apenas o esqueleto da árvore, ah! tivesse ela braços e mãos e seria bem capaz de arrancar e atirar longe aqueles fios que deviam dar choques assim molhados.
— Quer condução, menina?
Recuei depressa quando o carro arrefeceu a marcha e parou na minha frente, ele disse *menina*? O tom me pareceu familiar. Inclinei-me para ver o motorista, um homem grisalho, de terno e gravata, o cachimbo aceso no canto da boca. Mas espera, esse não era o Sininho? Ah! é claro, o próprio Sininho, um antigo colega da Faculdade, o simpático Sininho! Tinha o apelido de Sino porque estava sempre anunciando alguma novidade. Era burguês mas dizia-se anarquista.

— Sininho, é você!

Ele abriu a porta e o sorriso branquíssimo, de dentinhos separados.

— Um milagre — eu disse enquanto afundava no banco com a bolsa e os pequenos pacotes. — Como conseguiu me reconhecer nesta treva?

— Estes faróis são poderosos. E olha que já lá vão quarenta anos, menina. Quarenta anos de formatura!

Aspirei com prazer a fumaça do cachimbo, que se misturava ao seu próprio perfume, alfazema? E não parecia ter envelhecido muito, os cabelos estavam grisalhos e a face pálida estava vincada mas o sorriso muito claro não era o mesmo? E me chamava de *menina*, no mesmo tom daqueles tempos. Acendi um cigarro e estendi confortavelmente as pernas, mas espera, esse carrão antiquado não era o famoso Jaguar que gostava de exibir de vez em quando?

— O próprio.

Fiquei olhando o belo painel com o pequeno relógio verde embutido na madeira clara.

— Você era rico e nós éramos pobres. E ainda por cima a gente lia Dostoiévski.

— Humilhados e Ofendidos!

Rimos gostosamente, não era mesmo uma coisa extraordinária? Esse encontro inesperado depois de tanto tempo. E em plena noite de Natal. Contei que voltava de uma reunião de amigos, quis sair furtivamente e para não perturbar inventei que tinha condução. Quando começou a chuva.

— Acho essas festas tão deprimentes — eu disse.

Ele então voltou-se para me ver melhor. Dei-lhe o meu endereço. No farol da esquina ele voltou a me olhar. Passou de leve a mão na minha cabeça mas não disse nada. Guiava como sempre, com cuidado e sem a menor pressa. Contou que voltava também de uma reunião, um pequeno jantar com colegas mas acrescentou logo, eram de outra turma. Tentei vê-lo através do pequeno espelho entortado, mas não era incrível? Eu me sentir assim com a mesma idade daquela estudante da Academia. Outra vez inteira? Inteira. E também ele com o seu eterno carro, meu Deus! na noite escura tudo parecia ainda igual ou quase. Ou quase, pensei ao ouvir sua voz um tanto enfraquecida, rateando como se viesse de alguma pilha gasta. Mas resistindo.

— Quarenta anos como se fossem quarenta dias — ele disse. — Você usava uma boina.

— Sininho, você vai achar isso estranho mas tive há pouco a impressão de ter recuperado a juventude. Sem ansiedade, ô! que difícil e que fácil ficar jovem outra vez.

Ele reacendeu o cachimbo, riu baixinho e comentou, ainda bem que não havia testemunhas dessa conversa. A voz ficou mais forte quando recomeçou a falar em meio das pausas, tinha asma? Contou que depois da formatura foi estudar na Inglaterra. Onde acabou se casando com uma colega da universidade e continuaria casado se ela não tivesse inventado de se casar com outro. Então ele matriculou o filho num colégio, tiveram um filho. E em plena depressão ainda passou por aquela estação no inferno, quando teve uma ligação com uma mulher casada. Um amor tão atormentado, tão louco, ele acrescentou. Vivemos juntos algum tempo, ela também me amava mas acabou voltando para o marido que não era marido, descobri mais tarde, era o próprio pai.

— O pai?!

— Um atroz amor de perdição. Fiquei destrambelhado, desandei a beber e sem outra saída aceitei o que me apareceu, fui lecionar numa pequena cidade afastada de Londres. Um lugar tão modesto mas deslumbrante. Deslumbrante, ele repetiu depois de um breve acesso de tosse. Nos fins de semana viajava para visitar o filho mas logo voltava tão ansioso. Fiquei muito amigo de um abade velhíssimo, Dom Matheus. Foi ele que me deu a mão. Conversávamos tanto nas nossas andanças pelo vasto campo nas redondezas do mosteiro. Recomecei minhas leituras quando fui morar no mosteiro e lecionar numa escola fundada pelos religiosos, meus alunos eram camponeses.

— Você não era ateu?

— Ateu? Era apenas um ser completamente confuso, enredado em teias que me tapavam os olhos, os ouvidos... Fiquei por demais infeliz com o fim do meu casamento e não me dei conta disso. E logo em seguida aquele amor que foi só atormentação. Sofrimento. Aos poucos, na nova vida tão simples em meio da natureza eu fui encontrando algumas respostas, eram tantas as minhas dúvidas. Mas o que eu estou fazendo aqui?! me perguntava. Que sentido tem tudo isto? Ficava muito em contato com os bichos, bois. Carneiros. Fui então aprendendo um jogo que não conhecia, o da paciência. E nesse aprendizado acabei por descobrir... (fez uma pausa) por descobrir...

Saímos de uma rua calma para entrar numa travessa agitada, quase não entendia o que ele estava dizendo, foi o equilíbrio interior que descobriu ou teria falado em Deus?

— Depois do enterro de Dom Matheus, despedi-me dos meus amigos, fui buscar meu filho que já estava esquecendo a língua e voltei para o Brasil, a gente sempre volta. Voltei e fui morar sabe onde? Naquela antiga casa da Rua São Salvador, você esteve lá numa festa, lembra?

— Mas como podia esquecer? Uma casa de tijolinhos vermelhos, a noite estava fria e vocês acenderam a lareira, fiquei tão fascinada olhando as labaredas. Me lembro que quando atravessei o jardim passei por um pé de magnólia todo florido, prendi uma flor no cabelo e foi um sucesso! Ah, Sininho, voltou para a mesma casa e este mesmo carro...

Ele inclinou-se para ler a tabuleta da rua. Empertigou-se satisfeito (estava no caminho certo) e disse que os do signo de Virgem eram desse jeito mesmo, conservadores nos hábitos assim no feitio dos gatos que simulam um caráter errante mas são comodistas, voltam sempre aos mesmos lugares. Até os anarquistas, acrescentou zombeteiro em meio de uma baforada.

Tinha parado de chover. Apontei-lhe o edifício e nos despedimos rapidamente porque a fila dos carros já engrossava atrás. Quis dizer-lhe como esse encontro me deixou desanuviada mas ele devia estar sabendo, eu não precisava mais falar. Entregou-me os pacotes. Beijei sua face em meio da fumaça azul. Ou azul era a névoa?

Quando subia a escada do edifício, dei por falta da bolsa e lembrei que ela tinha caído no chão do carro numa curva mais fechada. Voltei-me. Espera! cheguei a dizer. E o Jaguar já seguia adiante. Deixei os pacotes no degrau e fiquei ali de braços pendidos: dentro da bolsa estava a chave da porta, eu não podia entrar. Através do vidro da sua concha, o porteiro me observava. E me lembrei de repente, Rua São Salvador! Apontei para o porteiro os meus pacotes no chão e corri para o táxi que acabava de estacionar.

— É aqui! — quase gritei assim que vi o bangalô dos tijolinhos.

Antes de apertar a campainha, fiquei olhando a casa ainda iluminada. Não consegui ver a garagem lá no fundo, mergulhada na sombra mas vislumbrei o pé de magnólia, sem as flores mas firme no meio do gramado. Uma velhota de uniforme veio vindo pela alameda e antes mesmo que ela fizesse perguntas, já fui me desculpando, lamentava incomodar assim tarde da noite mas o problema é que tinha esquecido a bolsa no carro do patrão, um carro prateado, devia ter entrado há pouco. Ele me deu carona e nessa bolsa estava a minha chave. Será que ela podia?...

A mulher me examinou com o olhar severo. Mas que história era essa se o patrão nem tinha saído e já estava até se recolhendo com a mulher e os gêmeos? Carro prateado? Como esqueci a bolsa num carro prateado se na garagem estavam apenas os carros de sempre, o bege e o preto?

— Decerto a senhora errou a casa, dona — ela disse e escondeu a boca irônica na gola do uniforme. — Em noite de tanta festa a gente faz mesmo confusão...

Tentei aplacar com as mãos os cabelos que o vento tinha desgrenhado.

— Espera, como é o nome do seu patrão?
— Doutor Glicério, ora. Doutor Glicério Júnior.

— Então é o pai dele que estou procurando, estudamos juntos. Mora nesta rua, um senhor grisalho, guiava um Jaguar prateado...

A mulher recuou fazendo o sinal da cruz:

— Mas esse daí morreu faz tempo, meu Deus! É o pai do meu patrão mas ele já morreu, fui até no enterro... Ele já morreu!

Fechei o casaco e fiquei ouvindo minha voz meio desafinada a se enrolar nas desculpas, tinha razão, as casas desse bairro eram muito parecidas, Devo ter me enganado, é evidente, fui repetindo enquanto ia recuando até o táxi que me esperava.

O motorista tinha o rádio ligado numa música sacra. Pedi-lhe que voltasse para o ponto.

Já estava na escada do edifício quando o porteiro veio ao meu encontro para avisar que um senhor tinha vindo devolver a minha bolsa:

— Não é esta?

Fiz que sim com a cabeça. Quando consegui falar foi para dizer, Ah! que bom. Abri a bolsa e nela afundei a mão mas alguma coisa me picou o dedo. Fiz nova tentativa e dessa vez trouxe um pequeno botão de rosa, um botão vermelho enredado na correntinha do chaveiro. Na extremidade do cabo curto, o espinho. Pedi ao porteiro que depois levasse os pacotes e subi no elevador.

Quando abri a porta do apartamento tive o vago sentimento de que estava abrindo uma outra porta, qual? Uma porta que eu não sabia onde ia dar mas isso agora não tinha importância. Nenhuma importância, pensei e fiquei olhando o perfil da chave na palma da minha mão. Deixei-a na fechadura e fui mergulhar o botão no copo d'água. Agora desabrocha! pedi e toquei de leve na corola vermelha.

Debrucei-me na janela. Lá embaixo na rua, a pequena árvore (parecida com a outra) tinha a mesma decoração das luzes em espiral pelo tronco enegrecido. Mas não era mais a visão sinistra da radiografia revelando na névoa o esqueleto da árvore, ao contrário, o espiralado fio das pequeninas luzes me fez pensar no sorriso dele, luminoso de tão branco.

História
de Passarinho

Um ano depois os moradores do bairro ainda se lembravam do homem de cabelo ruivo que enlouqueceu e sumiu de casa.
 Ele era um santo, disse a mulher levantando os braços. E as pessoas em redor não perguntaram nada e nem era preciso perguntar o que se todos já sabiam que era um bom homem que de repente abandonou casa, emprego no cartório, o filho único, tudo. E se mandou Deus sabe para onde.
 Só pode ter enlouquecido, sussurrou a mulher, e as pessoas tinham que se aproximar inclinando a cabeça para ouvir melhor. Mas de uma coisa estou certa, tudo começou com aquele passarinho, começou com o passarinho. Que o homem ruivo não sabia se era um canário ou um pintassilgo, Ô! Pai, caçoava o filho, que raio de passarinho é esse que você foi arrumar?!
 O homem ruivo introduzia o dedo entre as grades da gaiola e ficava acariciando a cabeça do passarinho que por essa época era um filhote todo arrepiado, escassa a plumagem amarelo-pálido com algumas peninhas de um cinza-claro.
 Não sei, filho, deve ter caído de algum ninho, peguei ele na rua, não sei que passarinho é esse.

O menino mascava chicle. Você não sabe nada mesmo, Pai, nem marca de carro, nem marca de cigarro, nem marca de passarinho, você não sabe nada.

Em verdade, o homem ruivo sabia bem poucas coisas. Mas de uma coisa ele estava certo, é que naquele instante gostaria de estar em qualquer parte do mundo, mas em qualquer parte mesmo, menos ali. Mais tarde, quando o passarinho cresceu, o homem ruivo ficou sabendo também o quanto ambos se pareciam, o passarinho e ele.

Ai! o canto desse passarinho, resmungava a mulher, Você quer mesmo me atormentar, Velho. O menino esticava os beiços tentando fazer rodinhas com a fumaça do cigarro que subia para o teto: Bicho mais chato, Pai. Solta ele.

Antes de sair para o trabalho o homem ruivo costumava ficar algum tempo olhando o passarinho que desatava a cantar, as asas trêmulas ligeiramente abertas, ora pousando num pé, ora noutro e cantando como se não pudesse parar nunca mais. O homem então enfiava a ponta do dedo entre as grades, era a despedida e o passarinho, emudecido, vinha meio encolhido oferecer-lhe a cabeça para a carícia. Enquanto o homem se afastava, o passarinho se atirava meio às cegas contra as grades, fugir, fugir! Algumas vezes, o homem assistiu a essas tentativas que deixavam o passarinho tão cansado, o peito palpitante, o bico ferido. Eu sei, você quer ir embora, você quer ir embora mas não pode ir, lá fora é diferente e agora é tarde demais.

A mulher punha-se então a falar e falava uns cinquenta minutos sobre as coisas todas que quisera ter e que o homem ruivo não lhe dera, não esquecer aquela viagem para Pocinhos do Rio Verde e o Trem Prateado descendo pela noite até o mar. Esse mar que se não fosse o Pai (que Deus o tenha!) ela jamais teria conhecido porque em negra hora se casara com um homem que não prestava para nada, Não sei mesmo onde estava com a cabeça quando me casei com você, Velho.

Ele continuava com o livro aberto no peito, gostava muito de ler. Quando a mulher baixava o tom de voz, ainda furiosa (mas sem saber mais a razão de tanta fúria), o homem ruivo fechava o livro e ia conversar com o passarinho que se punha tão manso que se abrisse a portinhola poderia colhê-lo na palma da mão. Decorridos os cinquenta minutos das queixas, e como ele não respondia mesmo, ela se calava exausta. Puxava-o pela manga, afetuosa: Vai, Velho, o café está esfriando, nunca pensei que nesta idade eu fosse trabalhar tanto assim. O homem ia tomar o café. Numa dessas vezes, esqueceu de fechar a portinhola e quando voltou com o pano preto para cobrir a gaiola (era noite) a gaiola estava vazia. Ele então sentou-se no degrau de pedra da escada e ali ficou pela madrugada, fixo na escuridão. Quando amanheceu, o gato da vizinha desceu o muro, aproximou-se da escada onde estava o homem ruivo e ficou ali estirado, a se espreguiçar sonolento de tão feliz. Por entre o pelo negro do gato desprendeu-se uma pequenina pena amarelo-acinzentada que o vento delicadamente fez voar. O homem inclinou-se para colher a pena entre o polegar e o indicador. Mas não disse nada, nem mesmo quando o menino que presenciara a cena desatou a rir, Passarinho mais besta! Fugiu e acabou aí, na boca do gato.

Calmamente, sem a menor pressa o homem ruivo guardou a pena no bolso do casaco e levantou-se com uma expressão tão estranha que o menino parou de rir para ficar olhando. Repetiria depois à Mãe, Mas ele até que parecia contente, Mãe, juro que o Pai parecia contente, juro! A mulher então interrompeu o filho num sussurro, Ele ficou louco.

Quando formou-se a roda de vizinhos, o menino voltou a contar isso tudo mas não achou importante contar aquela coisa que descobriu de repente: o Pai era um homem alto, nunca tinha reparado antes como ele era alto. Não contou também que estranhou o andar do Pai, firme e reto, mas por que ele andava agora desse jeito? E repetiu o que todos já sabiam, que quando o Pai saiu, deixou o portão aberto e não olhou para trás.

Potyra

Quando a lua esverdeada saiu de trás da nuvem, entrei no Jardim da Luz, o jardim da minha infância, quando meu pai me convidava para ver os macaquinhos, Vamos ver os macaquinhos? Então seguíamos de mãos dadas pelas alamedas de pedregulhos e areia branca, tantas árvores. Os quiosques. As fontes. Com os macaquinhos espiando aflitos por entre a folhagem. Tinha também os periquitos. Ele então me levava até o balanço (o assento entre as correntes pendendo de uma trave), punha-se atrás, pedia que me segurasse bem e firmava as mãos nas minhas costas, Pronto? Dava dois ou três impulsos enquanto eu pedia, Mais alto, mais alto! Quando as correntes esticadas chegavam ao extremo, eu vergava o corpo na tentativa de descobrir algum macaquinho também no balanço da galharia mais próxima.

— Fique aí que o papai volta logo — ele avisava. E desaparecia durante algum tempo com sua palheta e o seu charuto.

Mas agora era noite e eu estava só. E era jovem, via a minha juventude nos meus sapatos de estudante-andarilha, sapatos de amarrar, de couro de búfalo e que duravam este ano, o ano seguinte e ainda o outro, búfalo é fortíssimo.

— Estarei debaixo da grande figueira — o desconhecido avisou. — Você sabe onde fica.

Fui andando sem pressa pelo jardim silencioso, os macaquinhos e os periquitos deviam estar dormindo. Lá estava a velha figueira com as raízes ainda se buscando e se encontrando na terra e mesmo acima dela, subindo afoitas pelo tronco na ânsia do espaço. Lá no alto, a grande copa espessa. Negra.

Parei ao vislumbrar a silhueta esguia de um homem sentado no banco de pedra. Vestia um amplo sobretudo preto que lhe chegava até os sapatos. Tinha as pernas estiradas e o chapéu de feltro preto estava ao seu lado no banco. A mão magra e muito branca segurava o cigarro aceso. A farta cabeleira alourada me pareceu comprida, as pontas meio em desordem chegando até a gola do sobretudo. Deve ser um estrangeiro, pensei ao me aproximar.

— Sou estrangeiro. Sente-se — ele pediu e, com a mão que segurava o cigarro, indicou a outra ponta do banco. — Fique aí, o cheiro...

Obedeci sem entender. Estrangeiro, ele confirmou. Mas então adivinhou meu pensamento? E quis uma certa distância ao falar em cheiro, que cheiro?! Sentia apenas o cheiro úmido da folhagem, tinha chovido. A lua, por um momento encoberta, apareceu inteira e pude ver o fino perfil do homem de um brancor transparente. Mas os olhos, esses eram fortes, num tom azul-chamejante. Acomodei no colo os livros e a bolsa. Lembrei então, ele falou em cheiro, seria alérgico? Meu colega da Faculdade tinha alergia a perfumes, até a delicada água-de-colônia que eu usava o fazia lacrimejar quando dançávamos.

— Não é alergia — ele disse.

Tive vontade de rir, não era mesmo extraordinário? Ele adivinhava o que eu estava pensando e por isso já devia estar sabendo que me perguntava agora que idade teria aquela pele assim baça. Mas e o olhar ardente? Puxei as mangas da minha malha de lã para que os punhos chegassem até meus dedos, e esse encontro agora com um desconhecido que podia ler meus pensamentos. O que facilitava — e dificultava — nosso diálogo, cuidado! Muito cuidado daqui por diante, aconselhei a mim mesma. Conselho ingênuo, como podia ocultar este pensamento correndo livre feito um cavalo selvagem? Agora, por exemplo, me ocorria aquele seu gesto ao indicar a extremidade do banco devido ao cheiro, que cheiro? Nada a fazer porque ele desvendava minhas interrogações bem como estava ciente de que eu já reparava na fímbria bastante desfiada do seu sobretudo. Ainda assim, era um sobretudo importante, concluí e esperei por uma resposta, ele já estava sabendo que eu gracejava.

— É um sobretudo muito antigo. Mas sou mais antigo ainda.

Entrelacei as mãos. E o cheiro? perguntei em silêncio e desta vez ele não respondeu, não invadia mais a minha mente? Ou não quis (por delicadeza) mostrar essa invasão? Puxei ainda uma vez os punhos da malha para aquecer meus dedos que estavam gelados. Ele notou o meu gesto.

— Os muito jovens sentem frio nas extremidades, Potyra também tinha muito frio nas mãos.

— Potyra?

— A minha amada — ele disse e a voz ficou profunda. — Quente. Ela era a minha amada, a minha amada.

Olhei para o céu e a lua de novo escondida. E ainda mais distante, que horas seriam? Apalpei meu pulso, estava sem o relógio.

— Esta vai ser uma confissão e tinha que ser feita a você aqui neste jardim. E nesta noite, vou desaparecer em seguida, não nos veremos mais. Preciso então me apressar, escuta: falei em cheiro e você continua preocupada, vamos começar por aí? Tenho a forma humana mas esta é apenas uma aparência porque aqui por dentro existe uma espécie de laboratório onde se desenvolve uma certa química, digamos... Enfim, nem tentarei explicar porque é inexplicável, ele acrescentou. Inexplicável. Não peça coerência ao mistério nem peça lógica ao absurdo: nasci assim. Todas as minhas necessidades fisiológicas, a urina, as fezes, tudo isso em mim é feito através da pele. Dos poros. Passo-lhe logo o meu primeiro segredo, não tenho aqueles buracos usuais, ficou mais claro agora? Tenho esses órgãos mas eles não funcionam. Na chamada flor da pele — estou recorrendo a uma expressão romântica — tenho urinado e defecado pelos séculos. Sou uma mentira que vai acabar nesta madrugada, está me escutando? Mas em meio da maior felicidade, eu conheci Potyra e ela está me esperando, Potyra é a minha amada. A minha amada que também sentia frio nas mãos assim como você mas não usava casaco, Potyra era uma índia.

Fiquei em silêncio, olhando a touceira defronte do banco. Era uma confissão, ele disse. Fui a escolhida para ouvir sua confissão mas não seria melhor ter escolhido um padre? E agora esta repentina vontade de rir, rir, rir! Ele disse que esse era o seu primeiro segredo. Mas tinha outros?!...

— Não senti nenhum cheiro.

— Eu sei. Mas fico inseguro, preciso me lavar mais vezes e nem sempre tenho ao alcance a água, esta ansiedade, ah! a água corrente do rio ou do mar. Ainda assim, dentro desta minha natureza que parece cruel e é cruel, há uma réstia misericordiosa porque posso controlar o suor fazendo jejum, há três noites não me alimento, está me escutando? Então eu quase não transpiro. Queria ainda lembrar que o sangue tem emanações bem mais discretas do que as emanações humanas.

Ele falou em sangue?! Procurei pela lua que tinha se ocultado de novo em algum obscuro refúgio do céu. Discretamente fui deslizando a mão até abotoar o colarinho da minha blusa. Escondi depressa o colarinho e o resto sob a gola da malha. Quando me voltei para vê-lo, ele sorria ao acender tranquilamente uma cigarrilha. Na breve chama do isqueiro pude ver melhor sua face esmaecida. Mas os olhos flamantes tinham o azul das ardências marítimas.

— Potyra — eu disse.

— Potyra — ele repetiu e levantou a cabeça e a cara inteira se inundou de luz. — Por isso quero que me escute sem medo, nenhum medo, estaremos juntos de novo, a minha amada está me esperando, ela virá com o sol. Com o sol. Tenho então esta vontade demente de gritar, Já estou chegando, Potyra, já estou chegando! Andei e desandei por este mundo, tantas amantes. Até homens. Fui provado e provei de todos os vícios. Fui libertino e fui casto. Depois fiquei libertino de novo, a minha vida foi demais comprida mesmo vivendo só durante a noite. Ainda assim sou uma mentira tão comprida mas agora vou virar verdade, não parece simples? Vai amanhecer e na morte fico uma verdade e então encontro a minha amada.

— Uma índia?

— Uma índia. Agora escuta, meu nome é Ars Jacobsen e nasci na Noruega, você sabe onde fica a Noruega? Muito vagamente? Vou ajudar, Europa do Norte. Tantas pradarias e florestas, tantos castelos nesse reino, nasci num desses castelos. Minha mãe morreu no parto, fui criado pela minha ama de leite, a Cristiana. Era grega. Quando nos seus seios foi se esgotando o leite acabei por chegar ao seu sangue. Falava com ela em grego e por isso desde cedo fiquei sabendo que através do sangue eu podia me apossar do idioma do meu doador. A palavra transmitida no sangue. Mas logo a minha guardadora grega ficou sabendo que o pequeno Ars Jacobsen não podia ficar exposto à luz. E como era esperta, criou em torno uma lenda, eu sofria de uma enfermidade estranha, uma enfermidade raríssima: não podia viver senão com a luz das velas, tantos candelabros. A luz artificial iluminando uma existência artificial. Meu pai era um homem frio. Distante. Acumulou uma imensa fortuna mas sua paixão maior era mesmo o mar. Sou um navegador, apenas um navegador, costumava dizer. Morreu nesse mar quando sua nau partiu-se ao meio numa tempestade. Meu irmão mais velho matou-se com um punhal quando completou vinte anos, tantos suicídios e tantos assassinatos naquela família e naquele reino cercado de montes com os cumes cobertos de neve. O frio. A depressão, meu irmão gostava muito de música, de poesia. Era normal e acabou se matando. E eu devo continuar vivendo? perguntei em desespero quando cheguei à adolescência. Cristiana então jogou longe o copo de veneno que eu já ia beber: se me matasse, voltaria em seguida com a mesma forma até cumprir o meu tempo, ela disse. Não tinha outra escolha, minha sorte estava escrita na minha estrela, *Ananke!* O destino, *Ananke!* repetia Cristiana prometendo me proteger enquanto vivesse. E guardar o meu segredo. Obedeci. Durante o dia me fechava nos aposentos penumbrosos do castelo. Acordava com a noite e todos acreditavam ou fingiam acreditar na enfermidade daquele estranho ser noturno. Mas um herdeiro. Meu único amigo, o anão Munthe, era um jovem com a cara amarrotada de um velho. Chegava ao anoitecer com suas roupas douradas, guisos. Dava cabriolas, contava histórias maravilhosas mas dentro dele eu só via tristeza. Consolava-se, às vezes, quando pousava em mim o olhar turvo, lá estava um ser tão poderoso quanto um príncipe. Mas carregando na pele a própria latrina.

— Meu Deus! — gemi sem querer.

— Perdão se estou sendo rude, você é tão jovem e esta minha história é tão velha com o seu encardidume de treva. Mas guarde isto, logo vou recuperar o paraíso que perdi, Potyra me espera na ressurreição.

— Ressurreição?

— Sim, ressurreição. Vou desaparecer numa morte tão mais limpa do que foi esta vida, vou me desintegrar no ar e este será um momento tão feliz que eu poderia dizer como o Fausto ao momento que passa, *Fica! És tão belo!* Belo porque vou me encontrar com a minha amada, já sei, tenho que me apressar, então escuta: no começo era o sangue de alguma ovelha que Cristiana me trazia no copo de prata: Beba o seu vinho, ela ordenava. Munthe então baixava o olhar turvo, ele sabia o que estava no copo. E agora me lembro, eu nadava naquela piscina de água cálida e de repente comecei a dar gritos-balidos tão aflitos que Cristiana correu e me enxugou na toalha, falava grego quando não queria que Munthe entendesse: mas então esqueci? No sangue que eu tomava vinha o idioma do doador e nessa noite o doador foi um cordeiro, Meeeeeé!... Mas logo eu teria o sangue do meu semelhante, acrescentou Cristiana com algum cinismo, a querida Cristiana foi ficando cínica como todos os outros da nossa pequena corte. Logo eu teria o sangue do meu semelhante, estava na hora de assumir a minha vocação, ela disse vocação? O sangue do meu dessemelhante, pensei e ela prosseguia, dar o gozo e também gozar que para isso tinha a boca com todos aqueles belos dentes e a língua. E estas mãos? provocou apertando meus dedos entre os seus. Na noite seguinte, soprou no meu ouvido, estava à minha espera uma jovem escrava virgem. No excesso das orgias, uma ou outra dessas escravas podia morrer, ela lembrou. Mas isso fazia parte do ritual, nenhum problema, eram todas muito bem pagas.

 Estremeci. E aquele clarão no céu? O dia?!...
 — Ainda não — ele disse. — Mas tenho que me apressar, escuta, na noite em que Munthe foi degolado no jardim do castelo, Cristiana me apareceu descabelada. E lívida. Há uma conspiração, ela sussurrou. Serei a próxima mas já preparei tudo, viajo nesta madrugada e você tem que fugir em seguida, depois dou os detalhes, agora tenho que ir. Não deu os detalhes porque desapareceu sem tempo sequer de afivelar as malas. *Ananke!* dizia a minha guardadora. Desapareceu completamente. Cuidei dos negócios, escolhi aqueles menos ladrões dentre os ladrões em redor e, sem afobação, comecei a cuidar da minha viagem. Dando tempo para que me matassem e ninguém me matou. Contratei um assecla para me acompanhar e quando já estava na Pérsia recebi a notícia, o cadáver de Cristiana foi encontrado boiando no lago próximo do castelo. Tinha um punhal cravado nas cos-

tas. Continuei viajando na vadia disponibilidade do dinheiro. Vi guerras, guerras grandes e guerras menores mas todas atrozes. O esplendor e a decadência das civilizações, eu já disse que minha vida foi por demais comprida. Todos morrendo em redor, rios de fogo e gente. E eu sobrevivendo inalterado. E saciado, *Ananke!* Numa noite de extremo desencanto e cansaço, um grumete espanhol, que ficou sendo o meu assessor, veio me falar com entusiasmo de um mundo novo, um mundo imenso e ainda desconhecido. Com verdejantes florestas virgens e rios caudalosos. Pássaros e animais nunca vistos, enfim, um mundo distante descoberto por navegadores portugueses. Os espanhóis e tantos outros também andaram por lá, mas a terra com os seus habitantes, tudo continuava assim em estado de inocência. Os nativos? Uma elegante raça cor de cobre, de traços bem-feitos e cabelo liso. Viviam nus ou quase nus e tinham seu próprio idioma. Em geral, eram mansos, mas algumas dessas tribos, além dos peixes e da caça, comiam também os visitantes assados nas fogueiras. Apesar disso, novas levas de visitantes continuavam chegando nos navios, seduzidos pela aventura rendosa de escravizar esses nativos. Ou descobrir riquezas minerais. Ou com o intuito obscuro de fugir da própria família. Ou ainda fugir de algum crime cometido lá longe — quem é que sabe? Esse novo mundo tinha um nome, Brasil. Vamos ver isso de perto? convidou o grumete. Fiquei curioso. Já estava farto do mundo percorrido, quem sabe agora a novidade de uma região que ainda guardava os seus mistérios? Seus segredos seria como uma descoberta e toda descoberta não era excitante? Fiquei animado e pedi ao grumete que tomasse as providências. Foi quem escolheu a nau que nos transportaria. Minha amiga, uma egípcia, implorou que a levasse também, estava tuberculosa, quem sabe os ares selvagens iriam curá-la? Os escrúpulos dessa pobre amante, tinha tanto medo de me transmitir a doença que eu não contrairia nunca, nenhuma peste conseguia vingar no somatório deste sangue universal. Na embarcação, muitos mercenários misturados com aventureiros encardidos. Falsos nobres com suas damas e a marinheiragem costumeira. Minha amiga egípcia morreu durante a viagem e seu corpo foi lançado ao mar, tantos outros morreram antes que a nau meio desconjuntada mas resistente ancorasse naquela praia. Já apareceram as aves marítimas! o grumete veio anunciar na madrugada. Estamos chegando!

— Em que ano foi isso? — eu perguntei e o desconhecido pareceu não ter me ouvido.

Olhei o céu que empalidecia com a lua lá longe quase transparente. Acomodei melhor os livros no meu colo. Voltou a voz quente de paixão:

— Potyra estava lá à minha espera. Seu corpo fino desabrochava sem pressa, teria quinze anos? Uma graciosa tanga de penas coloridas cobria seu sexo de menina mas os pequeninos seios desabrochavam livres sob os fartos colares de continhas azuis. Por entre os colares, um fio mais longo com a cruz de estanho, era catequizada, os religiosos que por ali já tinham passado plantaram a Cruz de Cristo e fizeram as advertências, as *vergonhas* deviam ficar escondidas. Eu nunca tinha visto antes alguém com aquela pele avermelhada, o rosto de uma beleza diferente, tão graciosa a boca bem desenhada, os cantos virados para cima, sempre pronta para o riso que mostrava os dentes perfeitos. Olhos asiáticos. Eu queria tanto passar a mão naqueles cabelos luzidios, caindo retos até os ombros, mas onde teria nascido essa raça? Banhava-se muitas vezes a minha amada e gostava de lidar com frutos e flores, ela cheirava a flor... E eu que já tinha visto tantos tipos de beleza nas minhas andanças infinitas, fiquei maravilhado, não, não era a beleza mole e descorada das ocidentais que pareciam sair dos quadros dos museus. Não tinha também a beleza polida das orientais mas emergia dela uma força assim brutal que vinha daquela natureza explodindo em cores. Sons. Quando eu contei que gostava de música ela veio com um caramujo, encostou o caramujo no meu ouvido e avisou, Era a música do mar. Eu te amo! eu gritava e ela ria e afundávamos abraçados nas águas do ribeiro. Foi quando descobri que tinha uma alma, com a minha irmãzinha das rosas descobri a minha alma imortal. Podia então morrer um dia. Posso morrer hoje!

Meus olhos estavam cheios de lágrimas, ele me fazia rir e me fazia chorar. Em vão procurei pela lua que já devia ter escorrido pela minha cara. Enxuguei-a no punho do casaco.

— Logo vai amanhecer — eu disse.

— Vou me apressar, escuta, anoitecia quando vaguei com o grumete por aquelas praias, ele tinha muito medo de cobras. Mas elas estavam amoitadas, encontramos apenas índios com seus arcos e corpos esbeltos, pintados com fortes listras coloridas. Silenciosos mas desconfiados, tantas levas de brancos já tinham aportado vorazes como feras, até religiosos, enfim, era a mesma espécie humana sempre igual debaixo da sotaina ou do veludo. Nas minhas caminhadas, seduzi um curumim desgarrado, sorvi algumas gotas do seu sangue e soltei-o em seguida, na verdade queria apenas me apossar da língua. Sem contaminar o indiozinho, outro mistério: nunca tive a abominável corja dos mortos-vivos de cabeleira ressequida, arrastando suas mortalhas despedaçadas. A maldição desta minha desviada espécie, essa eu não transmiti a ninguém. Os que morreram nas orgias devido a vícios e excessos morreram normalmente, digamos, como os que vi morrer nas guerras. Nas pestes. Na fome. Naquela noite, quando ameaçou amanhecer, o grumete saiu e voltou com um peixe que ganhou ou roubou de alguém. Deitei na rede enquanto ele acendia o fogo para assar o peixe na brasa. Quando acordei de um sono que inesperadamente ficou assim leve como uma doce embriaguez, ele já tinha desaparecido. Vi então a mocinha pardo-avermelhada me espiando por entre a folhagem. O susto que levou quando a cumprimentei na sua língua. Fugiu correndo. Mas voltou em seguida segurando a cruz de estanho por entre as continhas do colar. Beijou a cruz, cruzou as mãos no peito e ajoelhou-se, pensou que eu fosse um padre. Foi difícil fazê-la entender, como um forasteiro de pele branca podia falar a sua língua? Teria que ir contando aos poucos minha história para não assustá-la, resolvi e perguntei onde havia água para me banhar. Ela me tomou pela mão e foi me conduzindo até o ribeiro que refletia a lua, entramos juntos e rimos e brincamos feito duas crianças, nunca me senti tão limpo! Conheci seu pai, um cacique alto e magro, o corpo pintado e um grande cocar de penas na cabeça. Era o chefe da tribo. No peito, a cruz de estanho. Era um índio calmo e sábio. Contei-lhe tudo e ele me ouviu apertando o olhar estreito. A primeira coisa que me pediu foi que eu trouxesse minha rede para mais perto, precisava me defender no meu sono. Então fui aceito como uma pessoa da família, uma pessoa muito querida e muito doente. Mas assegurou-me, eu teria cura. Devagar iria substituindo o sangue humano pelo sangue de um bicho, eu não precisava saber que bicho era esse que ele mesmo se incumbiria de caçar, não devia fazer perguntas. A fase das ervagens viria em seguida substituir o sangue animal pelo sangue vegetal: a seiva dos deuses vegetais. Porque além do Deus e do Filho crucificado na cruz, Nesta cruz, ele mostrou, existiam ainda outros deuses habitantes das matas e tão verdadeiros quanto este outro, disse e beijou a cruz no peito. Quando eu estivesse mais limpo dessa enfermidade, iria com Potyra conversar com seu irmão, ela conhecia o caminho. Na volta, um dia, quando?... — enfim, um dia, em meio de uma grande festa, seria feito o nosso casamento. Beijei-lhe as mãos como gostaria de ter beijado as mãos sempre distantes do meu pai. Ele mesmo escolheu a noite certa em que Potyra e eu subimos no alazão.

Fiquei esperando e ouvindo o silêncio. Até que a voz do desconhecido voltou num ritmo galopante: era como se estivesse de novo montado no alazão e seguindo resfolegando pelas veredas até a taba do índio irmão, amigo de Tupã e de todos os deuses vegetais. Olhei para o céu.

— Acho que está amanhecendo.

— Ainda não, escuta: paramos à beira de um riacho para descansar. Amanhecia. Com que carinho ela armou a minha rede e nela foi deixando as perfumadas florinhas que colheu. Foi quando ele chegou. Veio sorrateiro naquele macio rastejar da serpente, veio vindo sem nenhum ruído até que num salto agarrou-a pelo cabelo, atirou-a no chão e a cobriu com o seu corpo. Um corpo que me pareceu imenso, descomunal. Ela gritava e se debatia arranhando-lhe a cara, puxando com fúria aquela barba esgrouvinhada, minha amada era forte e sabia lutar e como lutou! E eu na rede, assistindo a tudo e sem poder me mover, ô! maldição, sem poder me mover. Não conseguindo vencê-la, a serpente enfurecida arrancou o facão do cinto e com um grito enterrou-o no peito de Potyra. Ela se sacudiu numa convulsão e depois ficou ali quieta, o sangue gorgolejando da ferida. Com a bota ele ainda chutou o corpo que tombou de lado, limpou nas costas da mão o sangue das arranhaduras que lhe corriam pela barba loura e foi saindo sem pressa, enxugando o facão numa folha que arrancou no caminho. Não me viu, Potyra armara a rede mais no alto e o choro ardente que brotava dos meus olhos era silencioso, só as pobres lágrimas deste corpo corriam do lugar certo. Quando escureceu, soluçando e aos gritos fui lavar seu lindo corpo e por um instante tive a impressão de que ela sorria para mim. Enrolei-a na minha rede, depositei-a com cuidado no alazão que relinchava em desespero, montei e fui em busca do barbudo louro. Antes, precisei cair de joelhos e gritar, gritar até que o grito afundou feito uma pedra no céu escuro. A serpente de botas não estava longe e agora preparava com requintes alguma coisa que assava no fogo. Avancei por detrás e consegui atirá-lo de cara contra o fogo, o meu prazer maior era vê-lo queimado e em pânico, sem sequer poder se defender. Então arranquei do seu próprio cinto a faca e de um só golpe certeiro abri o seu peito e arranquei-lhe o coração. Meu primeiro movimento foi o de morder aquela coisa ainda viva mas me veio tamanho nojo que atirei longe o coração ainda pulsante, Para os vermes! gritei. Para os vermes! E fui me lavar depressa num riacho que murmurejava perto dali. Montei no alazão que chorava indócil a morte da dona, arrumei melhor o corpo amado na rede e voltamos à taba. Quando cheguei ainda noite, quase nem precisei falar, o cacique parecia ter adivinhado tudo. Recebeu o corpo de Potyra e o levou em silêncio para dentro da taba, seria queimado no ritual da tribo. Abraçou-me apertadamente e pediu muito que eu ficasse, seria agora o seu filho. Recusei. Na realidade, estava tomado de tanto horror, ah! aquele genocídio que há muito já tinha começado, por acaso eu sabia o que era um genocídio?

— Genocídio — repeti, baixando os olhos para o chão. Estava ainda no segundo ano do curso, tinha uma visão superficial disso tudo...

— É suficiente — ele me atalhou. — A verdade é que os bons colonizadores estavam se esmerando nos processos do extermínio da raça. Isso tudo além de terem trazido do Velho Mundo as velhas doenças, a peste, a varíola, a gripe... Eu também não presto, disse ao cacique. Aqui com vocês eu fiquei bom mas com a morte da Potyra fiquei ruim de novo, quero ir embora. Encontrei e perdi meu paraíso, quero ir embora, estou cegado de ódio, ódio. Ele então trouxe a cruz de estanho que estava no pescoço dela e pediu que me ajoelhasse e deixou a cruz no meu pescoço. Uma nau estava partindo por aqueles dias. Chamei o grumete que andava estuprando as mamelucas e embarcamos de volta. Tinha sonhado tanto em melhorar a mim mesmo para assim melhorar o próximo, melhorar o mundo e quando cheguei à Noruega estava ainda pior do que parti. *Ananke*, Cristiana? *Ananke*. Agora sim, depressa, depressa! que está quase amanhecendo. Eu que não sonhava sonhei de repente com Potyra que me apareceu no sonho como a vi na primeira noite, encostando o caramujo no meu ouvido mas não era a voz do mar, era a sua voz me chamando, chamando!... O nosso encontro. Deu-me todas as indicações, depois desta confissão neste jardim e nesta noite, a libertação de um morto que agora vai viver na morte, aleluia! Potyra está me esperando no sol, está no meu pescoço a sua cruz de estanho. Só essa cruz vai ficar de tudo isso que fui e ainda sou, Potyra está me esperando! Agora pode ir e não olhe para trás, não quero que veja este coração cintilante se desintegrar em milhares de partículas, pode ir, amanheceu!

Levantei-me e fui andando num deslumbramento, o céu estava esbraseado. Quando cheguei no extremo da alameda deserta o sol já dourava o jardim. Abri a boca e aspirei a aragem da manhã.

Nada de Novo
na Frente Ocidental

Ela estendeu na mesa a toalha de algodão de xadrez vermelho e branco. Trouxe as xícaras, o açucareiro e a manteiga dentro da tigela com água, quem não tinha geladeira devia conservar a manteiga fresca dentro de uma vasilha de água diariamente renovada. Avisou que o pão com queijo já estava no forno, ia demorar um pouco. Mas eu podia ir comendo a mandioca cozida, disse e deixou na minha frente o prato da mandioca ainda fumegante. A Faculdade estava em greve, eu estava de folga nessa manhã. E ela já estava pronta para tomar o ônibus na rodoviária, ia cumprir uma promessa na cidade de Aparecida, era uma ardorosa devota de Nossa Senhora.
— Andei ligando o rádio — ela disse enquanto ia polvilhando a mandioca com açúcar. — Hoje as notícias estão mais calmas, parece que a guerra está mesmo no fim, louvado seja Deus!
— *Nada de novo na frente ocidental.*
Ela me encarou:
— O que é isso?

— Esqueceu, mãe? É o nome daquele livro, foi no ginásio, lembra? Eu lia o livro escondido debaixo do colchão porque você proibiu, era um romance da Primeira Guerra Mundial escrito por um alemão, Remarque. Lembrou agora?

Ela abriu o pequeno pacote dos guardanapos de papel e começou a dobrá-los, um por um, na forma triangular.

— Seu irmão disse que era um livro imoral.

— Não é imoral nada, é um romance de guerra e romance de guerra é mesmo forte. Gostei ainda mais do filme, que vi numa retrospectiva, quando anunciaram que não havia nada de novo no *front*, que estava tudo em paz, justo nessa hora o soldado-mocinho cisma de pegar uma borboleta pelas asas, a borboleta veio e pousou defronte dele na trincheira. Então ele levantou o corpo para alcançar a borboleta, contente assim como uma criança quando estendeu o braço... Nessa hora o inimigo viu o gesto, pegou depressa o fuzil, fez pontaria e tiummm!... acertou em cheio. Nada de novo na frente ocidental, um telegrama anunciava.

Ela foi empilhando devagar os guardanapos triangulares. Uma pequena ruga formou-se entre suas sobrancelhas delgadas. Tinha belos olhos escuros, grandes e pensativos, estavam sempre pensativos mesmo quando ela não estava pensando em nada. Adivinhei que nessa hora a sua preocupação maior era aqui este punhal: ia viajar para cumprir uma promessa, já tinha me avisado que a Nossa Senhora era a minha Madrinha, eu estaria incluída nesse trato? Viagem curtíssima, embora! E ainda assim ia durar um dia e uma noite. Levantou o olhar para o teto do nosso pequeno apartamento no primeiro andar de um edifício na Rua Sete de Abril, ao lado da Praça da República. Encarou-me com aquela expressão dramática.

— Não quero mais ver filme de guerra, tem bomba demais!

— Ninguém vai nos bombardear, mãe.

— Quem disse isso?

— O Tio Garibaldi, ora.

— Ele é louco, filha.

— Um homem que encontrei no blecaute também disse isso mesmo, que nenhuma bomba vai chegar até aqui. Mas se chegar, mãe, então visto a minha farda e pronto, vou defender a pátria em perigo!

— A pátria está bem-arrumada — ela disse e riu baixinho enquanto foi ver o pão no forno.

Gracejei mas falei sério quando mencionei a farda, lá estava ela num cabide dentro do armário: saia-calça de brim cinza-chumbo e túnica num tom mais escuro. Botões pretos, cinto de couro, sapatos pretos de amarrar, camisa branca e gravata preta. As meias de algodão branco chegavam com os elásticos até os joelhos severamente cobertos pela saia-calça. Luvas brancas. E o casquete quase reto tombando na testa, no formato daqueles barquinhos de papel que a gente armava na infância para soltar nas enxurradas. Primeiros Socorros — foi o curso que escolhi quando as moças da Faculdade de Filosofia e Faculdade de Direito fundaram a Legião Universitária Feminina da Defesa Passiva Antiaérea, subordinada à II Região Militar: LUF. Fui me alistar logo nos primeiros dias em que se criou o movimento, fiquei a legionária número nove. Ah, o susto que minha mãe levou quando me viu aparecer fardada. Quis primeiro saber se eu já tinha consultado o meu pai, o que ele disse? Que estava tudo bem, ora. Guerra é guerra, muito justo que as estudantes colaborassem. Ela me examinou cheia de apreensão, mais funda a ruga preocupante: Veja, filha, você já é escritora, estuda numa escola só de homens e agora virou também soldado?! Achei graça porque adivinhei o que ela pensou em seguida e não disse, agora é que vai ser mesmo difícil casar.

Os duros treinamentos no Vale do Anhangabaú. Com a prática que adquiri nas aulas de atletismo da Escola de Educação Física, até que me saí bem nesses treinos, seria a porta-bandeira no desfile se não aparecesse a Stella Silveira, que era ainda mais alta do que eu. Mas nesses treinos militares surgiram tamanhas novidades instigantes que os transeuntes que paravam para nos observar ficavam assim, pasmos, o que significava aquilo? As mocinhas também iam combater?!

— Não quero ver ninguém de batom e cabelo comprido! — avisava o enérgico Capitão Cardoso.

Então as legionárias passavam depressa o lenço na boca e prendiam os cabelos num apertado caracol na nuca. Nenhuma joia, só o relógio-pulseira de couro preto. Na noite anterior — noite clara de estrelas — lá fui de farolete e apito participar dos exercícios de blecaute. *Noche de ronda*, eu cantarolava lá por dentro, os boleros estavam na moda. Fechar imediatamente as venezianas e as cortinas como se as esquadrilhas inimigas já estivessem se aproximando — meu Deus! e aquela vitrina na Avenida São João com todas as luzes acesas?

— O senhor aí! Queira apagar o seu cigarro! — Adverti a um homem de impermeável e colete vermelho, fumando tranquilamente na porta de um café.

O homem soprou a fumaça para o lado.

— Mas por que apagar o cigarro?

Aproximei-me no passo formal e fiz o meu pequeno discurso.

— Estamos em guerra, senhor, e a noite é de blecaute. A simples brasa de um cigarro pode ser vista por um bombardeiro, uma simples brasa pode orientar o avião inimigo no lançamento das bombas, compreendeu agora?

O homem desatou a rir e riu tanto que chegou a se engasgar na risada.

— Mas quem vem atirar bombas aqui, os nazistas? Mas se eles nem estão dando conta lá do serviço, imagina se nesta altura vão agora se lembrar da gente? Estou voltando lá do Rio — acrescentou e ficou sério. — Vi com estes olhos como os Estados Unidos estão tratando a gente, somos aliados nativos, ouviu, garota? Somos o quintal deles, nenhum respeito, por muito favor podemos é servir de bucha para canhão — ele resmungou atirando longe o toco de cigarro. Acendeu outro: — Somos tratados como seres inferiores, uns mestiços de merda! escutou agora?

Senti o bafo de álcool e fui me afastando em silêncio. Se houver qualquer resistência, não reaja, era essa a ordem. Procure um superior e faça a denúncia. Em caso mais grave, use o apito para chamar o vigilante mais próximo. Prossegui na ronda mas no meu coração estava solidária com o boêmio transgressor: já estava inscrita na Esquerda Democrática, colaborava no jornal acadêmico *O Libertador* e entendia perfeitamente o que o homem do café quis me passar.

— Alguma novidade, legionária? — perguntou o tenente que encontrei logo adiante na esquina.

— Sem novidade, senhor — respondi ao me aprumar na continência.

E prossegui toda compenetrada mas rindo por dentro. Cruzando a praça logo adiante, missão cumprida, poderia me recolher. Medo? Não, ausência de qualquer espécie de medo na noite da estudante solitária na sua ronda — mas onde estavam os ladrões? Onde estavam os estupradores e mais aqueles encapuzados dos sequestros? Onde?! E os meninos drogados de olhos vermelhos e armados? E os mendigos atravessados nas calçadas — onde estavam todos?! A guerra. E a paz de andar sem susto pela noite terna. Sentei-me num banco dando para a avenida, poderia ver o jipe que devia passar para recolher as meninas. Quando chegasse em casa, ia encontrar minha mãe disfarçando o pânico e o vinco entre as sobrancelhas, não aborrecer a filha heroica: Você demorou tanto, por quê? Deu no rádio que o blecaute correu em ordem, mas a gente nunca sabe, em tempo de guerra a mentira é terra... O lanche servido, mais mandioca. Eu teria que dizer alguma coisa que a deixasse calma e de repente me vi repetindo o que disse meu pai sobre a loucura do Tio Garibaldi: Vai passar, mãe. Tudo isso vai passar. Vai passar esta guerra e vai passar a outra que vier em seguida com todos os seus dementes e endemoniados, vai passar. Vai passar. Você mesma, mãe, e também eu, vamos todos passar sem deixar memória como esse camundongo que saiu ali da touceira e já desapareceu no gramado — vai passar, repeti em silêncio enquanto acenava para o jipe que já se aproximava. E bastante satisfeita com as minhas sábias reflexões filosóficas, pensei ainda que era importante lembrar que repelia com indignação todo e qualquer conflito que pudesse entristecer o Deus que me habitava. E nenhuma contradição em usar a farda, um pouco de disciplina para defender a cidade que (segundo o fumante rebelde) não carecia de defesas desse tipo.

— Pronto — anunciou minha mãe trazendo o prato com o pão e aquele queijo derretido escorrendo pelas bordas. — Esse forno não anda bom — ela disse e ficou me olhando com seus grandes olhos tristes, eles me pareciam mais alegres quando ela sentava ao piano para tocar seu Chopin. — Algum programa hoje, filha?

Mordi com apetite o pão dourado, programa? Bom, tinha combinado um chá na Vienense com um colega e depois, quem sabe? A gente podia ir ver o novo filme do cine Bandeirantes, sessão das seis. Ela embrulhou no guardanapo o pequeno lanche para a viagem e quis saber se por acaso esse colega não era aquele poeta que andou telefonando. Perguntou e como sempre afetou desinteresse pela resposta ao entrar no banheiro para se pentear. Mas deixou a porta aberta. Os cabelos da minha mãe eram de um tom castanho-claro mas quando começaram a aparecer os fios brancos, comprou logo a tintura e passou a retocá-los e eles ficaram pretos. Acho que vou ser freira só para esconder o cabelo de neve com aquela touca, ela disse em meio de um suspiro. Fazia a operação-tintura secretamente, trancada no banheiro de onde saía toda satisfeita, os cabelos enegrecidos já lavados e penteados, as largas ondas ainda úmidas e fixadas com grampos.

Nessa mesma tarde, enquanto a minha mãe viajava para o encontro com a santa e enquanto eu me preparava para o chá com o poeta, uma voz de homem me anunciava pelo telefone que meu pai tinha morrido subitamente num quarto de hotel onde estava hospedado na pequena cidade de Jacareí. O desconhecido telefonou, disse seu nome e entrou logo no assunto, O seu pai... ele não era o seu pai? Mas espera um pouco, estou me precipitando, por que avançar no tempo? Ainda não tinha acontecido nada, era manhã quando minha mãe se preparava para a viagem, ia ver minha madrinha e eu ia ver o meu poeta, espera! Deixa eu viver plenamente aquele instante enquanto comia o pão com queijo quente e já estendia a mão para o bule de chocolate, espera! Espera. A hora ainda era a hora do sonho, Eh! mãe, não vai me dizer que promessa foi essa que você fez?

— Toda promessa tem que ficar em segredo, filha! Não presta contar. E esse filme do Bandeirantes, é de guerra ou de amor?

Eu estava com a boca cheia e só consegui fazer o gesto, as duas coisas juntas. Na verdade, zombava demais do cinema norte-americano com aquelas enfermeiras maquiadas e engomadas. Umas perfeitas idiotas! eu me irritava. Dando aquelas corridinhas nos hospitais de sangue, com os violinos no apogeu. Mas enquanto assistia às aulas no curso de enfermagem, era com esse uniforme sem nódoas que me imaginava, cuidando do jovem soldado com suas bandagens (ferimentos leves) que eu removia com mãos levíssimas. A convalescença sem problemas. E o encontro — enfim! — numa cantina. Nápoles. Fui convocada juntamente com a nova leva dos nossos pracinhas. A longa capa azul-noite e a cruz vermelha no peito do avental. Quer dizer então que aquelas reações contra as enfermeiras engomadas eram de pura inveja? Isso daí, pura inveja. A cantina sem os violinos mas com a guitarra e a voz tão poderosa cantando. Cantando. Então o homem disse com voz grave, uma notícia triste, acontece que o seu pai... ele não era o seu pai?

Espera um pouco, pelo amor de Deus, espera! Acontece que ainda é manhã e estou tão contente porque me vejo na cantina e dizendo ao soldado pálido que não falo italiano mas entendo tudo, minha avó era italiana e o nome dela era Pedrina! Ele me olha demoradamente e faz um sinal para o cantor da guitarra que já vem vindo na direção da nossa mesa, sua voz poderosa cobre todas as outras vozes, até aquela anunciando que o meu pai... Não, ainda não, canta mais alto, *Vede il mare quanto è bello!*

— Juízo, viu, filha! Deite cedo e coma que você está magra, eu telefono — disse a minha mãe ao me abençoar. O vinco entre as sobrancelhas diluído no sorriso: — Guarda bem a chave da porta, não vá perder!

Quando me vi só, esqueci completamente o encontro em Nápoles e fui procurar na estante *Les Fleurs du Mal*, ah! e se na hora do chá eu recitasse Baudelaire? Pena que minha pronúncia não era brilhante, meu colega poeta podia rir, ele conhecia tão bem o francês. Paciência, se a edição era bilíngue, eu poderia fazer citação na tradução, ficaria até menos pedante. Acomodei-me confortavelmente na poltrona diante do telefone, assim podia ouvir melhor quando ele ligasse para confirmar o encontro. Estendi as pernas até o almofadão e pensei como era maravilhoso ficar assim disponível, sonhando e esperando por alguma coisa que vai acontecer.

Sobre Lygia Fagundes Telles
e Este Livro

"A experiência transforma-se em ficção na medida mesmo em que a escritora decanta no íntimo as etapas vividas com a plenitude de uma sensibilidade fora do comum, de uma imaginação avassaladora, de uma escrita que se amolda docilmente à linguagem do seu tempo."
NOGUEIRA MOUTINHO

"Lygia realiza na ficção um modo de pensar a realidade. [...] Seu discurso tem o comedimento poético de quem sabe que a exigência literária é a de construir uma unidade representativa onde se realizem os elementos éticos e estéticos conjugadamente."
SÔNIA RÉGIS

"O universo de Lygia Fagundes Telles elabora-se a partir de trincas que se abrem na fachada harmoniosa das famílias tradicionais. Colecionadora de palavras (suas armas secretas) e colecionadora de instantes, ela surpreende fragmentos do real, aparentemente sem importância, em cujo interior provoca as mais sutis convulsões. Entre o real e o não real, cria às vezes um universo delicadamente cruel ou pungente — as duas faces da medalha."
ALICE RAILLARD (*LA CROIX*)

Flagrantes da Criação
POSFÁCIO / ANA MARIA MACHADO

Invenção e Memória é um livro absolutamente fascinante. De certo modo, acaba por constituir uma trilogia dentro da obra de Lygia Fagundes Telles, ao lado de *A Disciplina do Amor* e *Durante Aquele Estranho Chá*. Pelo menos, do ponto de vista de uma leitora que a eles tem voltado muitas e muitas vezes, atraída pelo chamado hipnótico e encantatório dos textos desses dois volumes.

Talvez a própria autora não tenha consciência dessa força obsessiva de indagação sobre o mecanismo da escrita, que a fez conceber esses três livros em diferentes momentos de sua carreira. Tanto que os classifica de modo diverso: ao primeiro, *A Disciplina do Amor* (1980), chamou de *fragmentos*. O segundo, *Invenção e Memória*, publicado em 2000, apresenta-se como volume de *contos*. O terceiro, *Durante Aquele Estranho Chá* (2002), vem com o subtítulo *Perdidos e Achados*. Todos são formados por narrativas curtas que podem ser contos — ou não. Ou longas crônicas. Ou artigos. Ou ensaios. Aparentemente, são coletâneas de dispersos. E, no fundo, não são nada disso e vão muito além de uma mistura de todos esses aspectos ou um hibridismo de gêneros.

Talvez a chave esteja no título: *Invenção e Memória*. Como tudo o que Lygia escreve, esses textos são exercícios de exploração de mistérios. E nesse caso o fio condutor não deixa de ser uma tentativa de responder ao que todo escritor se pergunta: afinal, de onde vem isso que flui do meu cérebro para o papel por meio dos meus dedos e escolhe a palavra como suporte? Por mais que se queira encarar com naturalidade esse processo, todo autor sabe que por vezes acontecem coisas reveladoras, que se avizinham de algo difícil de explicar e transcendem as explicações mais óbvias e superficiais.

Em *Invenção e Memória*, o conto "Que Número Faz Favor?" permite-se brincar com o maravilhamento diante dessas coincidências e sincronicidades com que a memória elabora seu material, e o traz à consciência, deixando a gente "em estado de levitação como os santos", capaz de se afastar "sem pressa, a deslizar também na superfície". E a linguagem confiante de uma autora madura, no pleno exercício de sua segurança narrativa, pode ser sutilmente dócil para expressar tal mistério.

Essa questão é também a curiosidade maior de qualquer leitor, revelada na inevitável pergunta em todos os encontros com autores, em qualquer parte do mundo: como é seu processo de criação? Ou, se a plateia é constituída por crianças ou adolescentes, a mesma dúvida é formulada de modo mais concreto: de onde você tirou a ideia para fazer essa história? É como se, no fundo, todos os leitores imaginássemos, platonicamente, que existe um grande depósito de ideias. Os mortais comuns se limitariam a pegar as mais óbvias, ao alcance de qualquer um, enquanto alguns privilegiados conheceriam os segredos para chegar aos cantinhos mais obscuros e recônditos, de onde seriam capazes de trazer originalidades insuspeitadas pela maioria: a matéria-prima da criação, em estado bruto.

Como autora, fui aprendendo com o tempo a responder fingindo driblar o mistério, para satisfazer à curiosidade mais imediata do interlocutor. Não dá para explicar, essa é a verdade. Mas também não se pode deixar sem resposta uma indagação tão universal e, portanto, tão intrinsecamente humana. Então, a quem pergunta eu digo algo: cada texto é uma mistura de ideias, brota de fontes diversas.

De toda forma, em linhas gerais, é possível dizer que elas nascem de três matrizes. Uma vem do passado e é oferecida pela memória de tudo o que se viveu, viu, ouviu, leu, aprendeu. A segunda tem ligação com o presente e surge diretamente da observação, do olhar atento, ouvido agudo e faro fino, da capacidade de prestar atenção em tudo o que nos rodeia, de andar pela vida de olhos abertos, de saber ver. A outra, ah, a outra matriz! Não é do passado nem do presente, mas também não é do futuro. Fala daquilo que não aconteceu nunca mas poderia acontecer um dia, potencialmente guardado em outra dimensão — a do sonho, do desejo, do medo, da imaginação.

O que me assombra na explicação de Lygia Fagundes Telles é que ela parece concentrar suas fontes em apenas duas vertentes: invenção e memória. Com isso, deixa a observação em segundo plano, como se envolta em sombras. Logo ela, uma mestra da visão. Claro, essa redução só se explica porque para a autora a visão é tão poderosa que sem ela nada existiria, não haveria memória nem invenção. E Lygia escreve com as visões do passado e do presente, aliadas às potencialidades plenas de tudo aquilo que se possa inventar para ver, ainda que não exista ou seja invisível aos olhos.

É quase um clichê da crítica contemporânea associar a literatura a uma pretensa missão (em alguns casos, cobrada quase como obrigação) de dar voz a quem não tem ou de atribuir vozes ao silêncio. Talvez uma das qualidades mais refinadas de Lygia esteja no raro sortilégio de seu poder de conferir realidade ao invisível e dar voz a visões. E etimologicamente: evocando o inaudito, invocando o surpreendente, revogando o clichê e o já esperado. Seus textos falam do que se poderia ver sob a superfície lisa e transparente do real. Ou do que só pode ser visto como espectro.

Em algumas das narrativas, o que se vê é a morte, por baixo e por trás da vida cotidiana. Ela pode se apresentar sob a forma de uma aparição esfacelada, que a memória oferece como trampolim para o mergulho nas "florinhas brancas no feitio de estrelas" ("Que se Chama Solidão"). Pode também surgir como uma ameaça, deflagrada pelos filmes de vampiro ("Cinema Gato Preto"). Ou pela sensação de perigo real, num pressentimento de tragédia subterrânea, em que a intuída vítima e seu carrasco parecem trocar os sinais ("O Menino e o Velho"). Ou se apresentar como pura fábula, capaz de ensinar e quase trazer uma moral explícita, até mesmo com personagens animais (como "Suicídio na Granja" ou "História de Passarinho"). Outras vezes, porém, a invenção que se mistura com a memória vem banhada em afetividade e a morte aparece como embalagem protetora ("A Chave na Porta"), casulo que agasalha em solitária noite chuvosa.

Ecos sobrenaturais semelhantes podem assumir a forma de um cavaleiro andante ou anjo da guarda a proteger donzelas desamparadas em meio à corriqueira estudantada de um dia de *pindura* ("A Dança com o Anjo"). Ou de um estrangeiro desconhecido, encontrado no Jardim da Luz, vencedor de distâncias históricas e geográficas ("Potyra"). Passaportes para o fantástico.

De qualquer maneira, o que importa nessas lembranças parece ser menos a memória detalhista de uma reconstituição exata (embora o magnífico olhar da autora seja minucioso nessa área) e mais a invenção que se intromete de modo inesperado, acrescentando novos significados à placidez da rotina. Tal invenção é feita de pinceladas de beleza, nutridas pela lembrança de uma observação prévia (mais uma vez, inegável), de apurada tessitura estética. Essas pinceladas exploram uma palheta opulenta de refinados matizes e entretons, enriquecida pelo repertório cultural e artístico que a memória oferece, a partir de um acúmulo erudito dos variados caminhos percorridos pela criação humana ao longo da história — de Platão e Aristóteles a Santo Agostinho, de Shelley a Rudyard Kipling, de Machado de Assis a Oscar Wilde, de Jane Austen a Verdi, de Marcel Proust a Vicente Celestino, de Virgílio a Castro Alves e tantos outros que habitam estas páginas em citações ou alusões explícitas. Para não falar nos que se escondem nas entrelinhas.

Esses traços ou pinceladas se sobrepõem uns aos outros, numa linguagem econômica, quase pontilhista, de frases curtas. Na vibração de seu jogo entrecortado, conferem ao texto uma espessura ímpar e requintada, muito característica da escrita de Lygia Fagundes Telles. Ao mesmo tempo delicadas e vigorosas, suas frases, em que convivem coloquialismo e erudição, compõem as texturas que dão densidade ao real. Sua ação desvenda o que o olhar comum não vê mas a imaginação projeta, dando passagem para que se revele uma nova dimensão, constituída por aquilo que pode não estar ao alcance da visão física — um dos cinco sentidos — mas certamente faz parte da humana busca de infinitos sentidos para a experiência, trazendo a intuição, a perplexidade e o deslumbramento para o âmago do que é vivenciado.

Essa aposta no caráter de vidente ou visionário do artista, em especial do escritor, acaba por fazer aflorar significados insuspeitados nos textos subjacentes a estes contos ou fragmentos de *Invenção e Memória* — a criação alheia com que Lygia Fagundes Telles dialoga. Como se a autora despertasse neles riquezas ocultas. Ou fizesse germinar sementes até então invisíveis. E com isso os recarregasse com a nova energia de seus próprios sortilégios.

À deriva entre imagens, acasos, sonhos, enquanto parece compartilhar com o leitor a exploração de memória e invenção como algumas das vertentes privilegiadas da criação literária, a autora se deixa levar a esmo, numa espécie de estado de entrega, disponível ao imprevisto. Parece vogar ao sabor de reminiscências vagas de episódios autobiográficos (da infância, adolescência, juventude estudantil e vida adulta), alguns deles já contados em outras versões, em entrevistas ou textos diferentes. Mas de repente faz com que neles incida o relâmpago de uma ruptura evidentemente inventada, e essa faísca os ilumina e promove a ficção.

O que ocorre quando esse processo de ruptura se oculta, mais sutil, e não é um lampejo evidente? Deixa de ser ficção ou apenas nos engana, a todos nós, seus leitores? Mistérios de Lygia, encantamentos de sua escrita, turvas profundezas da criação literária flagrada em pleno processo.

Ao menos dois desses casos merecem ser citados, pela carga de perturbação latente que neles pulsa sob a aparente placidez inocente. Ambos se apresentam como pura memória, não-ficção, reminiscências de personagens reais, conhecidos, identificados com nome, sobrenome e circunstâncias, que fazem parte da história cultural do país e da vida pessoal da autora.

Um desses exemplos é um fascinante cruzamento de invenção com memória. Lygia conta, como se fosse uma lembrança individual, um episódio que volta a narrar em *Depois Daquele Estranho Chá* — ou já o teria escrito a essa altura, pois o livro posterior bem poderia incluir um texto anterior *perdido e achado*, como ela classifica. Neste *Invenção e Memória*, o caso narrado vem rememorado, como uma recordação da autora. No outro livro, é uma história que lhe fora contada por Mário de Andrade e que teria ocorrido com ele e um amigo, quando passeavam uma noite pelo centro de São Paulo, ao som das sirenes, durante a guerra: uma mocinha fardada, toda compenetrada de seus deveres, ordena ao homem que apague o cigarro por causa do blecaute e ameaça prendê-lo. Quanto de invenção? Quanto de memória? E de quem: dela ou de Mário de Andrade? Ou de ambos? Seria ela a mocinha a ameaçar o amigo dele? Duas lembranças convergentes? Afinal, isso importa?

Outro caso interessante é o do texto sobre Capitu. Com ricas e fascinantes variações, foi publicado em pelo menos dois outros contextos. Primeiro, como apresentação da primeira edição do roteiro (Siciliano, 1993) que Lygia e seu marido Paulo Emílio Sales Gomes fizeram em 1967 para o filme que Paulo Cezar Saraceni dirigiu. Bem mais tarde, em 2008, foi reproduzido como posfácio à nova edição do mesmo roteiro, pela Cosac Naify, sob o título "Às vezes, Novembro". Além dessas duas versões, recebeu uma moldura mais ampla, com direito até a *passe-partout*, para ser incluído neste *Invenção e Memória*. Dando mais ênfase ao espaço (a começar pelo título, "Rua Sabará, 400") que ao tempo. Todos os principais pontos estão nas três variantes, inclusive os detalhes e a maioria das imagens.

Por que esse texto estaria incluído nas páginas deste volume? Parece muito simples: faria parte da coluna da memória, não da invenção. Este *Invenção e Memória* seria uma reunião de textos de um tipo ou de outro (inventados ou lembrados) e o texto sobre Capitu é claramente uma reminiscência de um momento de trabalho ao lado do amado desaparecido, em doce clima doméstico, de terna afetividade e entusiasmo intelectual cúmplice. Uma celebração emocionada de um instante idílico que, ao ser evocado, poderia ser descrito como algo muito próximo daquela saudade que anima os versos de Fernando Pessoa:

No tempo em que festejavam o dia dos meus anos
eu era feliz e ninguém estava morto.

Mas com Lygia nada é simples e as aparências podem sempre esconder mistérios. Enigmas. Ao incluir esse relato nesta coletânea, ela o contagia com os outros, contamina-o com a tensão entre os dois polos que norteiam o livro. E acentua a grande interrogação subjacente a *Dom Casmurro*, o livro em torno do qual gira esse texto: quanto de invenção e quanto de memória há na narrativa de Bentinho? Quanto de intenção há na história que Bento Santiago, aquele aliciante narrador, nos trouxe sob a forma de reminiscência? Não é aí, no desafio a essa decifração, que está um dos eixos do fascínio exercido pelo romance de Machado de Assis? Não é justamente esse o aspecto que Lygia agora nos desvela, ao apresentar esse texto ao lado dos outros?

Neste livro, Lygia Fagundes Telles parece nos responder a questões desse tipo com uma reiteração: não vale a pena se preocupar, está tudo misturado. Uma coisa se dissolve na outra. A memória não é objetiva, ela inventa, seleciona, elimina, burila, lixa, tira o supérfluo, semeia, cria o que lhe apetece. Pelo menos, a dos artistas. É uma versão, não tem compromisso com os fatos. Como sabiam os gregos, ao fazer com que as musas fossem filhas de Mnemosine, a memória.

A consciência do poder ilimitado dessa liberdade é parte intrínseca da visão com que Lygia Fagundes Telles observa o real, relembrando e reinventando-o. Transformada em texto pelo poder de sua linguagem, essa certeza lhe garante a dimensão que tem e o lugar que ocupa em nossas letras.

Lugar que é seu, de direito. Uma ficcionista que tem o que dizer. E que, como ninguém, sabe dizer.

ANA MARIA MACHADO é ficcionista e ensaísta. Membro da Academia Brasileira de Letras (ABL), publicou mais de cem livros. Em 2000, recebeu o prêmio Andersen, considerado o Nobel da literatura infanto-juvenil, e em 2001 ganhou o prêmio Machado de Assis pelo conjunto da obra.

Lygia, Desde Sempre
DEPOIMENTO / JOSÉ SARAMAGO

Embora ela esteja a mil léguas de o imaginar, existe um sério problema no meu relacionamento com Lygia Fagundes Telles: é que não consigo lembrar-me de quando, como e onde a conheci. Alguém me dirá que o problema (suponho haver motivos suficientes para que o esteja designando assim) não tem uma importância por aí além, que é por demais frequente, ai de nós, confundir-se-nos a frágil memória quando lhe requeremos exatidão na localização temporal de certos episódios antigos — e eu estaria de acordo com tão sensatas objeções se não se desse a circunstância intrigante de achar que conheço Lygia desde *sempre*. [...] Mas o que aqui importa, sobretudo, é que mesmo que conseguisse determinar, com rigorosa precisão, o dia, a hora e o minuto em que apareci a Lygia pela primeira vez ou ela me apareceu para mim, estou certo de que ainda nesse caso uma voz haveria de sussurar-me de dentro: "A tua memória enganou-se nas contas. Já a conhecias. Desde *sempre* que a conheces".

[...] O mais curioso de tudo isso é que os nossos encontros têm sido espaçados, muito de longe em longe e, em cada um deles, as palavras que dissemos um ao outro poderiam ser acusadas de tudo, mas nunca de prolixidade. Provavelmente não falamos muito porque só dizemos o que estava a precisar de ser dito, e o sorriso com que então nos despedir-

-mos será de certeza o mesmo que levaremos nos lábios o dia em que as voltas da vida tornarem a colocar-nos frente a frente. Recordo que quando mais tempo pudemos conviver foi num já longínquo outubro, em 1986, em Hamburgo, por ocasião de uma Semana Literária Ibero-americana.

[...] Participamos em sessões conjuntas, entramos em debates, ajudamo-nos uns aos outros, rimos, folgamos e bebemos. Não dramatizamos as diferenças na hora da discussão — entre escritores portugueses e brasileiros só por má-fé e cínica estratégia se instalará a discórdia. Recordo a hora do café da manhã, com o sol a entrar triunfalmente pelas janelas. Ao redor das mesas o riso dos novos não soava mais alto nem era mais alegre que o dos veteranos, os quais, por muito terem vivido, gozavam da vantagem de conhecer mais histórias e mais casos, tanto dos próprios como dos alheios. Não é uma ilusão minha de agora a imagem de terna atenção e respeito com que todos nós, portugueses e brasileiros, escutávamos o falar de Lygia Fagundes Telles, aquele seu discorrer que às vezes nos dá a impressão de se perder no caminho, mas que a palavra final irá tornar redondo, completo, imenso de sentido.

Disse que conheço Lygia desde *sempre*, porém a medida deste *sempre* não é a de um tempo determinado pelos relógios e pelas ampulhetas, mas um tempo outro, interior, pessoal, incomunicável. Foi na minha última e recente viagem ao Brasil, em São Paulo, que, conversando com Lygia sobre a memória, o pude compreender melhor que nunca. Para explicar-lhe o meu ponto de vista do que chamei então a instabilidade relativa da memória, isto é, a múltipla diversidade dos agrupamentos possíveis dos seus registros, evoquei o caleidoscópio, esse tubo maravilhoso que as crianças de hoje desconhecem, com os seus pedacinhos de vidro colorido e o seu jogo de espelhos, produzindo a cada movimento combinações de cores e de formas, variáveis até ao infinito: "A nossa memória também procede assim", disse, "manipula as recordações, organiza-as, compõe-nas, recompõe-nas, e é, dessa maneira, em dois instantes seguidos, a mesma memória e a memória que passou a ser". Não estou muito seguro quanto à pertinência da poética comparação, mas hoje retomo o caleidoscópio e a poesia para tentar explicar, de uma vez, por que insisto em dizer que conheço Lygia desde *sempre*. Apenas porque acho que é ela aquele pedacinho de vidro azul que constantemente reaparece...

No Princípio Era o Medo
DEPOIMENTO / LYGIA FAGUNDES TELLES

Comecei a escrever quando aprendi a escrever — tinha sete, oito anos? E se falo naquele tempo descabelado, selvagem, é porque acho importante o chão da infância. Nesse chão pisei descalça, ouvindo histórias das minhas pajens, as mocinhas perdidas que eram expulsas de casa e que minha mãe recolhia para os pequenos serviços. Nesses pequenos serviços, cuidar desta filha caçula, dar banho, cortar as unhas e fazer papelotes em dias de procissão, quando eu saía com minha bata de anjo.

    As histórias eram sempre de terror (o medo era necessário) com caveiras de voz fanhosa e mulas sem cabeça, as tais mulheres galopantes que se deitavam com o padre e geravam filhos normais até o sétimo, fatalmente um lobisomem. Eu só escutava, mas na noite em que também comecei a inventar, descobri que, enquanto ia falando, o medo ia diminuindo — não era eu que tremia, mas os outros, aqueles ouvintes amontoados na nossa escada de pedra, isso foi em Descalvado? A descoberta me fortaleceu: transferindo o medo que trava e avilta eu me libertava, agora era o próximo que tremia, era nele que eu projetava o medo. E o resto. Mas era cedo ainda para se falar em transferência ou catarse, na idade de ouro era apenas o instinto ensinando o caminho da inocente criação.

Algumas histórias tinham de ser repetidas, as crianças gostam das repetições, as crianças e os velhos. Mas no auge da emoção eu acabava por fundir os enredos, trocar os nomes das personagens, mudar o fim da história. Então, algum ouvinte mais atento protestava, mas essa não acabava desse jeito! A solução foi começar a escrever as histórias assim que aprendi a escrever — mas onde conseguir papel? As últimas páginas do meu caderno de escola estavam sempre em branco e foi nesses cadernos que comecei com aquela letra bem redonda a embrulhar (ou desembrulhar) os enredos, ô Deus! O que era principal e o que era acessório? E agora estou me lembrando, ah, que difícil contar a história do lenhador da floresta com a mulher e a criança, essa história fazia o maior sucesso e por isso resolvi escrevê-la, sim, contar até que era fácil, mas escrever?... Essa criança tinha sido devorada por um bicho apavorante que entrou no casebre e o lenhador estava tão triste, quis ser consolado quando deitou a cabeça no colo da mulher e ela, tentando distraí-lo, acariciou-lhe os cabelos. Ele sorriu e nesse instante a mulher (que difícil escrever isso!) fugiu espavorida porque reconheceu, por entre os dentes do lenhador, os fiapos vermelhos do xale que enrolara o filho devorado no berço pelo cachorrão preto na noite de lua cheia.

Gravar a intenção para garantir a sua permanência — era isso? O gesto, a careta, o grito podia se perder, mas a palavra precisava ser guardada como os vaga-lumes que eu caçava e fechava nas pequenas caixas de sabonete. Teria nascido nesse tempo o antigo instinto de permanecer, de se valer da arte para assim ficar. Resistir. A esperança de infinito na nossa finitude.

Sou do signo de Áries, domicílio do planeta Marte. A cor do meu signo é o vermelho (a guerra), mas também aposto no verde. A minha bandeira (se tivesse uma) seria metade vermelha, metade verde, o verde da esperança de mistura com a paixão não destituída de cólera, sou uma escritora do Terceiro Mundo. Nessa condição, faço uma pergunta, e os leitores? Ah, sim, os leitores e agora não quero lembrar as tais estatísticas, mas vamos lá, o analfabetismo. A miséria. Na sombra, aqueles leitores que não têm o hábito da leitura. Ou se têm, preferem a literatura estrangeira mesmo quando é um lixo que nos chega no mais alto estilo de propaganda através do cinema e da televisão.

Ainda assim, a cega esperança que herdei do meu pai, ele era um jogador que arriscava na roleta. Eu jogo na palavra. Luta sem parceiros e sem testemunhas, uma luta dura. Perdi? Mas amanhã a gente ganha — dizia meu pai, apalpando os bolsos esvaziados. Apalpo os bolsos transbordantes de palavras. *Les jeux sont faits!* — avisa o homem pálido recolhendo as fichas. Ainda não, respondo depressa. E prossigo na minha busca que é feliz porque cumpro a vocação que é a minha paixão. Os leitores? Ora, os leitores. Também não somos lidos na América Latina, quem nos conhece na Venezuela? No Chile? Estive num encontro da nova narrativa sul-americana na Colômbia (Cali) — fui para falar da mulher na literatura brasileira. E acabei informando ao público qual era a língua que falávamos no Brasil e quais eram os usos e costumes do nosso povo e sobre os quais os nossos camaradas de letras tinham uma vaga ideia com coloridos de folclore.

Sou escritora e sou mulher — ofício e condição duplamente difíceis de contornar, principalmente quando me lembro como o País (a mentalidade brasileira) interferiu negativamente no meu processo de crescimento como profissional. Eu era reprimida, tímida em meio à imensa carga de convenções cristalizadas na época. Penso que minha libertação foi facilitada durante as extraordinárias alterações pelas quais passou o Brasil desde a minha adolescência até os dias atuais. A arrancada principal coincidiu com a estimulante ebulição notadamente a partir do suicídio do ditador Getúlio Vargas. Nasci em São Paulo, estudei em São Paulo. Eu estava na Faculdade de Direito do Largo São Francisco (1944?), onde participava de passeatas, era uma jovenzinha de boina e lenço preto amarrado na boca, os estudantes podiam se agrupar, mas não falar, era a passeata do silêncio. E se não gosto do ruído de patas de cavalo nas pedras da rua é porque me lembro daquela tarde, quase noite: fugíamos da cavalaria que apareceu de repente, corríamos desatinados buscando um abrigo, o comércio fechando as portas... Caiu então ao meu lado um colega borbulhando sangue, tentei levantá-lo e ele morrendo ali nas pedras, não, Castro Alves, meu poeta, esse não era o "borbulhar do gênio", mas o borbulhar do sangue. Se me libertei mais do que o próprio País é simplesmente porque a libertação individual é mais fácil. Estimulada pelo maior pensador do nosso tempo, Norberto

Bobbio, que considera a revolução da mulher a mais importante revolução do século.

Fala-se muito na modernização da nossa cultura e nessa modernização a valorização da mulher como artista. Contudo, segundo uma ideia de Paulo Emílio Sales Gomes e que me parece bastante verdadeira, a modernização em geral só modernizou a burguesia. Pertenço a uma corporação que precisa procurar outros recursos de subsistência, além dos relativamente modestos proporcionados pela atividade literária. Em face da vida que se transformou num artigo de luxo, há muito me vejo reivindicando maior valorização profissional. Escolhemos ou fomos escolhidos? Escolhidos, com opção de renúncia. Mas não vamos renunciar. Em 1982, no meu livro *A Disciplina do Amor*, escrevi num fragmento que há três espécies em processo de extinção: a árvore, o índio e o escritor.

Mas resistimos. Quando andei pela África, um dos homens da Unesco me disse: "Cada vez que morre um velho africano é assim como uma biblioteca que se incendeia". Será que antes de chegarmos à solução final do nosso problema indígena teremos tempo de captar um pouco da sua arte e da sua vida, nas quais o sagrado e a beleza se confundem para alimentar nossa cultura e nosso remorso?

E resistimos, testemunhas e participantes deste tempo e desta sociedade com o que tem de bom. E de ruim. E tem ruim à beça, assunto e inspiração para os escritores é o que não falta. Falei agora numa palavra que saiu de moda e, no entanto, é insubstituível na terminologia da criação, inspiração. Algumas das minhas ficções se inspiraram na simples imagem de algo que vi e retive na memória, um objeto, uma casa, uma pessoa... Outros contos (ou romances) nasceram de uma simples frase que ouvi ou eu mesma disse e lá ficou registrada na minha natureza mais profunda. Um dia, sem razão aparente, essa memória (memória ou tenha isso o nome que tiver) me devolve a frase. Há ainda as ficções que nasceram do nevoeiro (ou claridade) de um sonho, fluxo de símbolos nas cavernas do inconsciente que de repente escancara as portas, saiam todos! A evasão. Há que selecionar. Interpretar, e eis aí um trabalho que exige lucidez. Paciência. E paixão. Devo ainda acrescentar que a maior parte dos meus textos (os textos da invenção e memória) tem origens desconhecidas, que não sei explicar porque é inexplicável.

Em tantos depoimentos já tentei aproximar o leitor (que considero meu cúmplice) desse mistério, sim, tantas vezes me esforcei por esclarecer alguns pontos mais obscuros e confesso que acabei fazendo ficção em cima da ficção, ah, o inatingível mistério com seu grão de imprevisto e de loucura. Sei que a ficção vira realidade e a realidade vira ficção. Se inventei este depoimento, essa invenção agora é verdade.

A Autora

Lygia Fagundes Telles nasceu em São Paulo e passou a infância no interior do estado, onde o pai, o advogado Durval de Azevedo Fagundes, foi promotor público. A mãe, Maria do Rosário (Zazita), era pianista. Voltando a residir com a família em São Paulo, a escritora fez o curso fundamental na Escola Caetano de Campos e em seguida ingressou na Faculdade de Direito do Largo São Francisco, da Universidade de São Paulo, onde se formou. Quando estudante do pré-jurídico cursou a Escola Superior de Educação Física da mesma universidade.

Ainda na adolescência manifestou-se a paixão, ou melhor, a vocação de Lygia Fagundes Telles para a literatura, incentivada pelos seus maiores amigos, os escritores Carlos Drummond de Andrade, Erico Verissimo e Edgard Cavalheiro. Contudo, mais tarde a escritora viria a rejeitar seus primeiros livros porque em sua opinião "a pouca idade não justifica o nascimento de textos prematuros, que deveriam continuar no limbo".

Ciranda de Pedra (1954) é considerada por Antonio Candido a obra em que a autora alcança a maturidade literária. Lygia Fagundes Telles também considera esse romance o marco inicial de suas obras completas. O que ficou para trás "são juvenilidades". Quando da sua publicação o romance foi saudado por críticos como Otto Maria Carpeaux, Paulo Rónai e José Paulo Paes. No mesmo ano, fruto de seu primeiro casamento, nasceu o filho Goffredo da Silva Telles Neto, cineasta, e que lhe deu as duas netas: Lúcia e Margarida. Ainda nos anos 1950, saiu o livro *Histórias do Desencontro* (1958), que recebeu o prêmio do Instituto Nacional do Livro.

O segundo romance, *Verão no Aquário* (1963), prêmio Jabuti, saiu no mesmo ano em que já divorciada casou-se com o crítico de cinema Paulo Emílio Sales Gomes. Em parceria com ele escreveu o roteiro para cinema *Capitu* (1967), baseado em *Dom Casmurro*, de Machado de Assis. Esse roteiro, que foi encomenda de Paulo Cezar Saraceni, recebeu o prêmio Candango, concedido ao melhor roteiro cinematográfico.

A década de 1970 foi de intensa atividade literária e marcou o início da sua consagração na carreira. Lygia Fagundes Telles publicou, então, alguns de seus livros mais importantes: *Antes do Baile Verde* (1970), cujo conto que dá título ao livro recebeu o Primeiro Prêmio no Concurso Internacional de Escritoras, na França; *As Meninas* (1973), romance que recebeu os prêmios Jabuti, Coelho Neto da Academia Brasileira de Letras e "Ficção" da Associação Paulista de Críticos de Arte (APCA); *Seminário dos Ratos* (1977), premiado pelo PEN Clube do Brasil. O livro de contos *Filhos Pródigos* (1978) seria republicado com o título de um de seus contos, *A Estrutura da Bolha de Sabão* (1991).

A Disciplina do Amor (1980) recebeu o prêmio Jabuti e o prêmio APCA. O romance *As Horas Nuas* (1989) recebeu o prêmio Pedro Nava de Melhor Livro do Ano.

Os textos curtos e impactantes passaram a se suceder na década de 1990, quando, então, é publicado *A Noite Escura e Mais Eu* (1995), que recebeu o prêmio Arthur Azevedo da Biblioteca Nacional, o prêmio Jabuti e o prêmio Aplub de Literatura. Os textos do livro *Invenção e Memória* (2000) receberam os prêmios Jabuti, APCA e o "Golfinho de Ouro". *Durante Aquele Estranho Chá* (2002), textos que a autora denominava de "perdidos e achados", antecedeu seu livro *Conspiração de Nuvens* (2007), que mistura ficção e memória e foi premiado pela APCA.

Em 1998, foi condecorada pelo governo francês com a Ordem das Artes e das Letras, mas a consagração definitiva viria com o prêmio Camões (2005), distinção maior em língua portuguesa pelo conjunto da obra.

Lygia Fagundes Telles conduziu sua trajetória literária trabalhando ainda como procuradora do Instituto de Previdência do Estado de São Paulo, cargo que exerceu até a aposentadoria. Foi ainda presidente da Cinemateca Brasileira, fundada por Paulo Emílio Sales Gomes, e membro da Academia Paulista de Letras e da Academia Brasileira de Letras. Teve seus livros publicados em diversos países: Portugal, França, Estados Unidos, Alemanha, Itália, Holanda, Suécia, Espanha e República Checa, entre outros, com obras adaptadas para tevê, teatro e cinema.

Vivendo a realidade de uma escritora do terceiro mundo, Lygia Fagundes Telles considerava sua obra de natureza engajada, comprometida com a difícil condição do ser humano em um país de tão frágil educação e saúde. Participante desse tempo e dessa sociedade, a escritora procurava apresentar através da palavra escrita a realidade envolta na sedução do imaginário e da fantasia. Mas enfrentando sempre a realidade deste país: em 1976, durante a ditadura militar, integrou uma comissão de escritores que foi a Brasília entregar ao ministro da Justiça o famoso "Manifesto dos Mil", veemente declaração contra a censura assinada pelos mais representativos intelectuais do Brasil.

A autora já declarou em uma entrevista: "A criação literária? O escritor pode ser louco, mas não enlouquece o leitor, ao contrário, pode até desviá-lo da loucura. O escritor pode ser corrompido, mas não corrompe. Pode ser solitário e triste e ainda assim vai alimentar o sonho daquele que está na solidão".

Lygia Fagundes Telles faleceu em 3 de abril de 2022, em São Paulo.

Na página 141, retrato da autora feito por Carlos Drummond de Andrade na década de 1970.

Esta obra foi composta
em Utopia e Trade Gothic
por warrakloureiro
e impressa em ofsete pela
Gráfica Paym sobre papel
Pólen Bold da Suzano S.A.
para a Editora Schwarcz
em abril de 2025

A marca FSC® é a garantia de que a madeira utilizada na fabricação do papel deste livro provém de florestas que foram gerenciadas de maneira ambientalmente correta, socialmente justa e economicamente viável, além de outras fontes de origem controlada.